ブックレット〈書物をひらく〉4

和歌のアルバム

藤原俊成 詠む・編む・変える

小山順子

平凡社

和歌のアルバム——藤原俊成　詠む・編む・変える［目次］

はじめに

「歌」のバージョン

私は中学生の頃から、ある男性ボーカリストのファンである。

以前、そのボーカリストがベストアルバムを発表した。アルバムを聴いていて、「あれ?」と違和感を覚えた部分があった。

それは、彼のソロデビューシングルで代表曲、ずっと大好きで、諳《そら》んじるほど聞いてきた曲だった。ベストアルバムには、オリジナルバージョンとともに新バージョンも収められていたのだが、新バージョンは、一部、歌詞が違ったのだ。語尾を少し変えた部分と、新しく歌詞をワンフレーズ加えた部分があった。不思議なことに、新しく加わった歌詞よりも、ほんの少しだけ語尾を変えた部分のほうが引っ掛かった。昔から馴染《なじ》んできた歌詞に愛着があるので、オリジナルバージョンと違う、ということに強い違和感があった。しかし新しい歌詞は、以前のものより力強く、意志的に感じられ、これはこれで悪くない、と思ったのだった。

ミュージシャンがベストアルバムを出す際、昔の楽曲をそのまま収録することももちろんあるが、改めて録音し直すことも多い。そのため、同じ楽曲であっても、シングルカットバージョン、アルバムバージョンなど違いが生じるのだ。また録音し直す際に、アレンジを変えることもよくあり、アコースティックバージョン、バラードバージョンなどが生まれる。ファンであれば、それぞれの細かな違いに敏感で、どのバージョンが一番好きかは、自分の中にはっきりとある。とはいえ、それらは主に演奏のアレンジであることがほとんどだと思われる。

ライブ演奏の際に即興で歌詞の一部を変えて歌うことはあっても、一部に変更を加えた歌詞で新しいバージョンとして録音し直す、というのは、あまり例を知らない。全く無いわけではないだろうが、珍しいのではないだろうか。歌はさまざまな人によって歌い継がれてゆく。メロディーは歌手によって、またパフォーマンスの時々によってアレンジを加えられるが、歌詞は動かないもの、という捉え方を、いつの間にかしているのかもしれない。

しかし、歌詞とは固定したものでなくてはならない、というのは、単なる思い込みだろう。長い間、自分の代表曲として大切に歌いつづけてきた曲だからこそ、より良い歌詞にしたい。少し手を加えることで、新しい魅力を吹き込むことができる。そういうこともあると思うのだ。

藤原俊成について

同じことが、昔に詠まれた、古典和歌についてもある。歌が詠まれた最初の時がシングルカット版だとすれば、歌人の個人歌集に収められるのがベストアルバム、他の歌人たちの和歌も収める歌集を編纂《へんさん》するのがコンピレーションアルバム。すべてが全く同じ形であるとは限らない。それぞれに少しずつバージョンを変えて収められている場合があるのだ。

　本書では、自分の詠んだ和歌に手を入れつづけ、最善を求めた歌人として藤原俊成（一一一四―一二〇四）を取り上げる。名は「としなり」と読むが、音読みで「しゅんぜい」と読みならわされている。『百人一首』を選んだことで有名な藤原定家《さだいえ》の父で、本人も中世和歌に大きな足跡を残した、高名な歌人であった（図1）。

　まず、本書の主人公である藤原俊成について、その人生を簡単にではあるが、

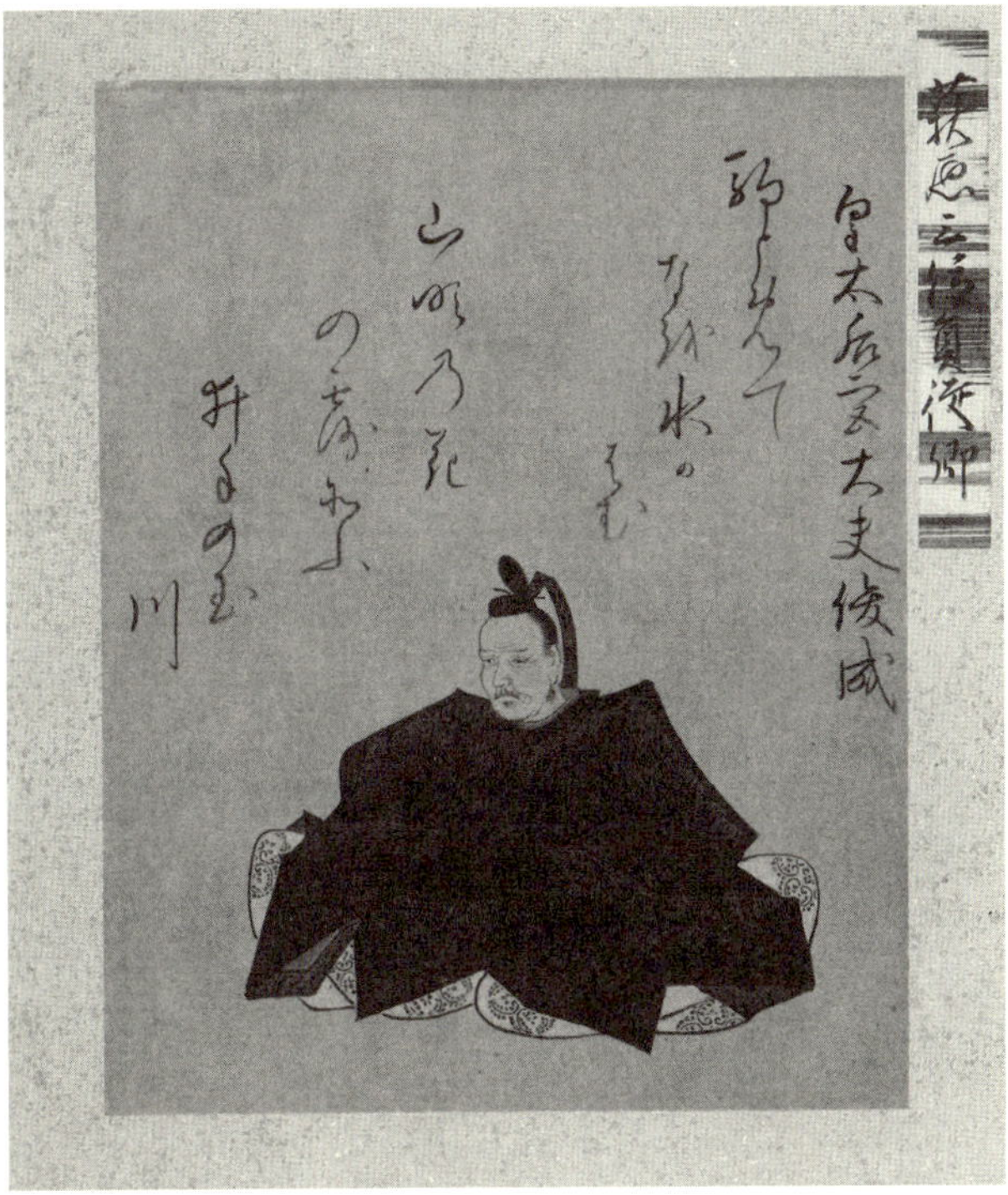

図1　国文学研究資料館蔵『中古三十六人歌合』に描かれた俊成。江戸時代の元禄頃（1688-1704）に作られたもので、土佐光起画と伝えられる。

たどってみよう。

永久二年（一一一四）に生まれ、元久元年（一二〇四）十一月三十日に九十一歳で没する。権中納言藤原俊忠《としただ》の三男で、母は伊《い》予守《よのかみ》敦家《あついえ》の娘だった。十歳で父と死別し、姉の夫、つまり義兄であった葉《は》室《むろ》顕頼《あきより》の養子となる。五十三歳で本流に復帰するまでは顕広《あきひろ》と名乗っていた（ただし本書では、呼称を「俊成」で統一する）。六十三歳で出家、法名は釈阿《しゃくあ》。九十一歳で没する最晩年まで、長きにわたり宮廷歌壇の指導者として活躍を続けた。

後白河院《ごしらかわいん》の命令で、文治四年（一一八八）に完成した第七番目の勅撰和歌集《ちょくせんわかしゅう》▲『千《せん》載和《ざいわ》歌集《かしゅう》』の撰者をもつとめた。本歌取り▲に代表される、古典主義を中心にした中世和歌の基本を作った人物である。新古今《しんこきん》時代を、さらには和歌史を代表する歌人である藤原定家は、俊成の息子である。俊成の家は御《み》子《こ》左家《ひだりけ》と呼ばれ、その子孫は代々、和歌師範として活動した。

歌を詠む・編む・変える・伝える

歌の本文が変えられるのは、歌集（アルバム）が編集される時である。つまり、編集する人間が歌の言葉に手を入れる。古典和歌においても、作者自身が作品を見直して手を入れる推敲の場合もある。しかし、現代と違って作品のプライオリ

勅撰和歌集　天皇や上皇の命令で編纂される和歌集。編者を命じられてつとめるのは、当代一の歌人であると認められたに等しく、歌人にとってたいへん名誉なことだった。

本歌取り　古い和歌や物語、漢詩の一部を自分の和歌に取り入れて使うことで、内容を複雑化して豊かにする技法。

ティーや作者の権利が尊重されなかった時代には、他人の手によって作品の本文が改変されることも決して珍しくなかった。

また古典文学の場合は、誤写（写し間違い）の問題がある。昔、書物は人の手で書き写して広められていった。書き写す際には、どれほど注意していても、間違いが生じてしまう。本文に違いがあっても、編集の際に意図的に変えたものか、写し誤りのために生じた違いなのか、区別をつけることは難しい。

古典和歌の場合、特に時代を遡れば遡るほど、たとえ本文に複数のバージョンがあったとしても、それが本人の意図によるものであるとはっきり分かることのほうが珍しい、と言ってもよい。

しかし、歌人のなかには、人生において、何度も自分の歌を使って、歌集を編纂した――もしくは、することができた――人がいる。そして、幸運なことに、本人が書いた本文を忠実に伝えてくれる、伝えようとしてくれる存在があった人もいる。そうした歌人の場合は、和歌の本文の違いが、本人が変えたものだと分かり、それぞれのバージョンの違いから、作者の意図を探ることができるのだ。俊成はまさに、そうした幸運な歌人なのである。

俊成は、和歌史の上に大きな足跡を残した歌人である。俊成が残した和歌がすぐれていることが、その最も大きな理由だ。私たちは今、俊成が残した和歌に触れる時、「古典」としてすでに完成された作品であると受け取る。しかし俊成の和歌について、それぞれの歌集に収められた本文の違いを追うと、そこには最善を求める俊成の創作の過程をたどることができる。優れた和歌が生まれる際、作者による試行錯誤が繰り返される。必ずしも、はじめから絶対的な不変の完成形があったわけではないのだ。俊成が自分の和歌に対して手を入れ、付けた変化を取り上げて、その違いについて考えることで、俊成の和歌を読み解いてゆきたい。

一▼「久安百首」

記念碑となった「久安百首」

　現在残されている俊成のまとまった和歌で、最も若い時期のものが『為忠家《ためただけ》初《しょ》度百首《どひゃくしゅ》』『為忠家後度《ごど》百首』という、二種の百首歌《ひゃくしゅうた》▲である。藤原為忠は、常盤《ときわ》（現在の京都市太秦《うずまさ》）に住んでいたことから、常盤《ときわ》丹後守《たんごのかみ》と呼ばれた歌人で、歌会や歌合をしばしば開催した。この為忠が、長承三年（一一三四）末から翌保延元年（一一三五）にかけて催した百首歌だ。当時、俊成は二十一、二歳。父を早くに亡くした俊成は、葉室家の養子になっていたが、為忠の常盤家と葉室家が親しかった関係で、この百首歌にも参加したものと思われる。

　この『為忠家初度百首』『為忠家後度百首』における俊成の歌には、後年の俊成につながる個性がすでに現れているが、俊成自身は、習作の域を出ないものと考えていたらしい。俊成が後年、自身の歌を集めて編んだ『長秋詠藻《ちょうしゅうえいそう》』（次章で詳しく述べる）に、この二種の百首歌からは、「はやく常盤にて百首歌よみける中に、暁郭公《あかつきのほととぎす》を」の詞書《ことばがき》▲で一首が収められているだけである。

百首歌　一人の歌人が百首をまとめて詠む場合と、複数の歌人が合計百首になるように歌を詠む場合がある。平安時代中期から始まり、中世以降、盛んに行われた。

詞書　和歌の右横に書かれた文章または言葉。その歌の作られた状況や事情を説明したもの。

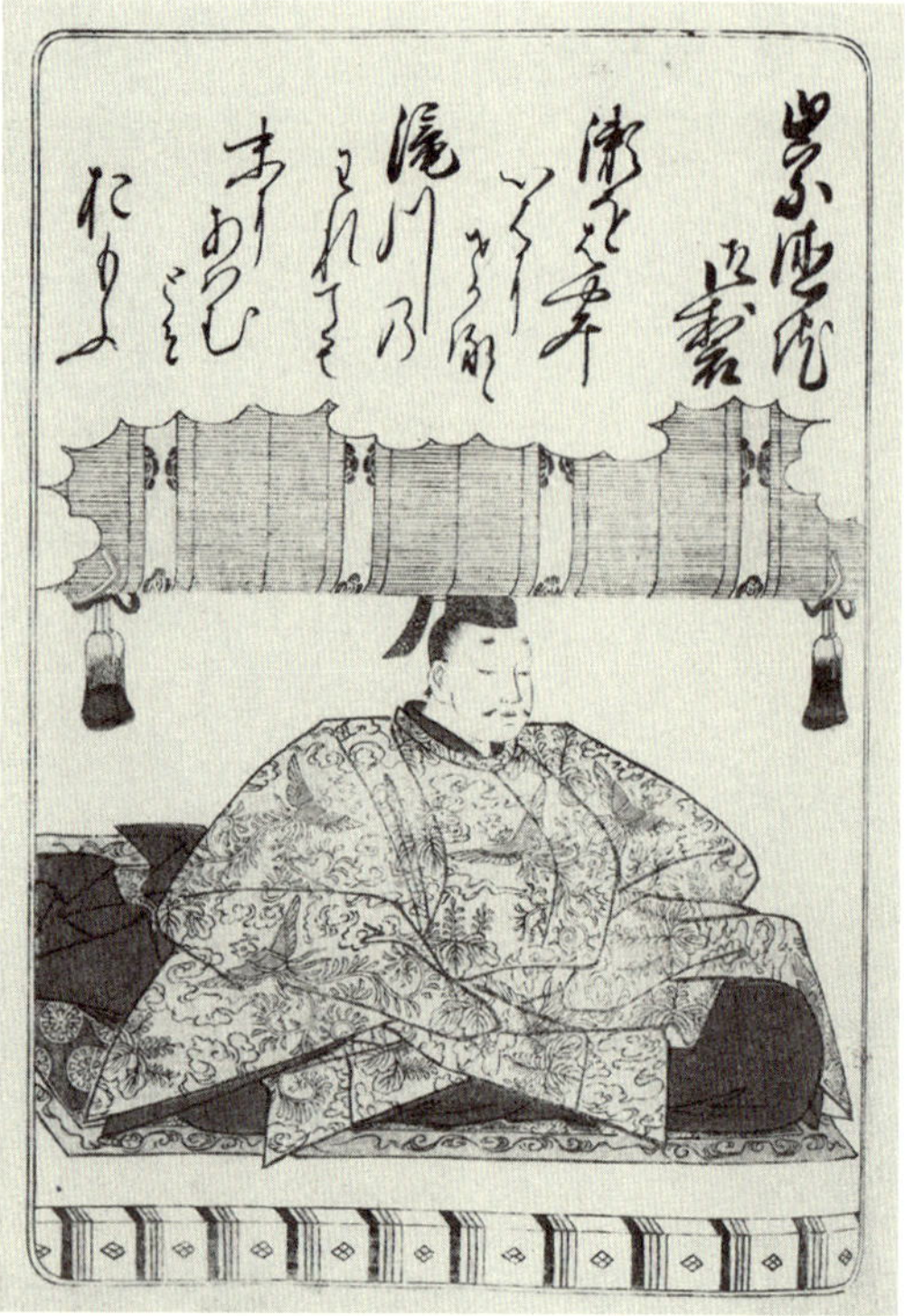

図2　国文学研究資料館蔵『錦百人一首あづま織』（勝川春章画）。崇徳院は自身も和歌を好んだ歌人で、『百人一首』に選ばれている「瀬をはやみいはにせかるる滝川の　われても末にあはむとぞおもふ」が有名。

『長秋詠藻』の冒頭に置かれているのは、久安六年（一一五〇）に崇《す》徳院《とくいん》▲（図2）が催した「久安百首《きゅうあんひゃくしゅ》」である。『長秋詠藻』に収められている百首歌では、保延六―七年（一一四〇―四一）に詠んだ「述懐百《しゅっかいひゃく》首《しゅ》」のほうが、「久安百首」よりも早い。詠歌の順序でいえば、「述懐百首」が先に置かれるのが自然だが、俊成は「述懐百首」ではなく、「久安百首」を家集の冒頭に置いた。

これは、「久安百首」が俊成の歌人としての人生にとって、非常に重要な、記念碑的な作品だったからである。当時、俊成は三十七歳。この頃、生涯の愛妻となる美《び》福門院《ふくもんいん》加《か》賀《が》▲と結婚している（第三章で詳しく述べる）。また、長らく停滞していた位階も昇進し、抱いていた不遇感を拭《ぬぐ》うこともできた。公私ともに充実していたこの時期、俊成は、初めて応製百首《おうせいひゃくしゅ》への詠進を命じられたのである。

応製百首は、天皇や上皇が歌人たちに命じて詠ませる、公的な百首歌のことを

崇徳院　一一一九―六四年。第七十五代の天皇。わずか五歳で即位したものの、父・鳥羽院の意向により、二十四歳で退位。保元元年（一一五六）に鳥羽院が亡くなった後、保元の乱を起こすが敗北。讃岐に流され、配所で没した。

美福門院加賀　女房は、主人の名や主人の家名に、女房名を組み合わせて呼ばれる。加賀は後に八条院（鳥羽天皇皇女）に仕えたので、八条院五条局とも呼ばれるが、本書では美福門院加賀で統一する。

いう。このメンバーに加えられるのは、当代を代表する一流の歌人であると認められたことを意味する。「久安百首」の主催者だった崇徳院は、約十年前にも、「崇徳天皇初度百首」と呼ばれる百首歌を催した（ただしこの百首歌は現在伝わらない。歌人の家集に断片的に残されており、そうした催しがあったことが知られる）。しかしそのとき、俊成は詠進歌人に加えられなかった。新たに企画された、崇徳院にとっては二度目の応製百首「久安百首」に詠進することになった俊成は、まさに全力投球したのだろう。俊成の「久安百首」は、彼の長い歌歴のなかでも出色《しゅっしょく》の出来映え《できば》で、百首のうち、六十八首が、後に勅撰和歌集に採られている。また、生涯にわたって自分の代表歌とした歌も、この時に詠まれている（「おわりに」で詳しく述べる）。

歌人別本から部類本へ

俊成にとって「久安百首」が記念碑的作品となったのには、もう一つ理由があった。崇徳院の仰《おお》せによって、十四人の歌人が詠進した百首歌を部類する作業を任されたのである。

百首歌は通常、各歌人が詠んだ百首歌を寄せ集めた形で伝わる。それをいったんバラバラに解体して、和歌の主題ごとに分けて編集するのが部類である。その

識語　写本や刊本などで、その本の成立事情、来歴や書写年月などを記したもの。

部類本を作るよう、崇徳院は俊成に命じたのだった。

「久安百首」の識語《しきご》には、次のように記されている。

仁平三年暮秋之比、依㆓別御気色㆒部類進㆑之
　左京権大夫顕広

（仁平三年暮秋の比《ころ》、別の御気色《みけしき》に依《よ》り部類し之《これ》を進《まゐ》らす／左京権大夫顕広）

仁平三年（一一五三）九月、つまり「久安百首」詠進の三年後に部類が行われたことが分かる。この識語に「別の御気色に依り」とあるように、崇徳院の格別の意向によって、俊成が部類を仰せつかったのだった。

「久安百首」の詠進歌人には、俊成より目上で、歌人としての声望も高い人物が、何人もいた。第六番目の勅撰和歌集『詞花《しか》和歌集』を撰進した藤原顕輔《ふじわらのあきすけ》、その息子の清輔《きよすけ》、崇徳院のために『古今和歌集』を書写したり注釈書を著した藤原教長《のりなが》などがいる。しかし崇徳院は、「久安百首」の部類を俊成に命じた。この理由として、顕輔が編んで仁平元年（一一五一）に奏上した『詞花和歌集』には、十年前の「崇徳天皇初度百首」からも、すでに詠進されていた「久安百首」から

も、和歌がほとんど採られず、崇徳院が強い不満を感じていたことが考えられている。▲

ただしこの部類本は、先にあげた識語によって、作られたことは判明していたものの、その実物、部類本そのものの存在は知られていなかった。「久安百首」は、それぞれの歌人が詠んだ百首をまとめた歌人別本のみが伝わり、読まれていたのである。しかし一九六〇年に、中世和歌研究の大家であった谷山茂《たにやましげる》が「久安百首部類本と千載集」という論文で▲、谷山自身が持つ部類本を紹介したことによって、はじめて実物が存在することが明らかになった。その後、谷山によって全文の翻刻も発表された▲。

その後、部類本は谷山茂蔵本だけではなく、愛媛県の今治《いまばり》市河野《こうの》美術館にもあることが判明した。今治市河野美術館は、今治市出身の実業家、故河野《こうの》信一《しんいち》がコレクションした文化財を保存・一般公開するために設立された美術館である。また、谷山茂蔵本は、現在は、京都女子大学図書館に寄贈され、谷山文庫の一冊として所蔵されている。

かつては実態が不明だった部類本は、谷山茂の発見によって、全容が明らかになった。以来、「久安百首」の研究は飛躍的に進んだのだった。

この理由として……　谷山茂「久安百首部類本と千載集」（『谷山茂著作集二　藤原俊成　人と作品』、角川書店、一九八二年）。

「久安百首部類本と千載集」　『国語国文』二九巻七号。『谷山茂著作集二　藤原俊成　人と作品』に収録。

全文翻刻　「〈翻刻〉俊成部類久安百首和歌集」（『人文研究』一七巻二号、一九六六年二月）、「〈翻刻〉俊成部類久安百首和歌集（承前）」（『人文研究』一八巻一号、一九六七年一月）。のち『谷山茂著作集二　藤原俊成　人と作品』に収録。

「などか恨みむ」と「なに恨みけむ」

さてここで注目したいのは、俊成が「久安百首」を部類するにあたり、自身の和歌に手を加えている、という点である。歌人別本「久安百首」と部類本「久安百首」の、俊成の和歌を比較検討すると、少なからず違いがある。藤原俊成の研究書として、現在でも必読の書である松野《まつの》陽一《よういち》『藤原俊成の研究』（笠間書院、一九七三年）では、歌人別本と部類本との間の本文異同を指摘している。ただし、歌人別本も部類本も、書写が重ねられてきた近世の写本しか残されていないので、本文の違いも、単なる写し誤りである可能性もある。すべてが俊成自身による変更かどうかは、判断が難しいところだ。ここでは、歌人別本・部類本、それぞれの諸本のなかで本文が一貫しており、また単なる写し誤りとは考えにくい、大きな異同を持つ和歌を取り上げる。それらは誤写ではなく、俊成の推敲である可能性が高いからだ。そうした和歌の本文異同から、どのような意図で俊成が本文を変更したか、ということを考えたい。

まず、恋部十六首目の歌を取り上げよう。

人をのみなどか恨みむ憂《う》きを猶《なほ》　恋《こ》ふる心もつれなかりけり

（あの人のことをどうして恨むことがあるだろうか。つらいことをそれでもなお恋い慕っていた自分の心も無情だったのだ。)

冷たい恋人を恨むのではなく、思いどおりにいかない恋に囚《とら》われる自分自身の心もまた、自分に対して冷淡なものだと気づく。自分を苦しめるものは、恋人ではなく、恋に苦しめられることをどこかで求める自分の心そのものでもある。複雑な恋愛心理と自省を詠んだ歌だ。

この歌は、第二句に異同がある。歌人別本は「などか恨みむ」であるが、部類本では「なに恨みけむ」となっている。

人をのみなに恨みけむ憂きを猶　恋《こ》ふる心もつれなかりけり

意志・推量の助動詞「む」か、過去推量の助動詞「けむ」を用いているか、が大きな違いで、また疑問・反語の係《かかり》助詞「か」があるかないかも違う。「などか恨みむ」だと、意志・推量の助動詞であるから、未来の自分の感情として、また一般論として、反語表現によって〝恨むことはないのだ〟と自分に言い聞かせることになる。一方「なに恨みけむ」だと、過去推量の助動詞を用いているので、〝どうして恨んでいたのだろう〟と、過去の自分の感情に対して疑問

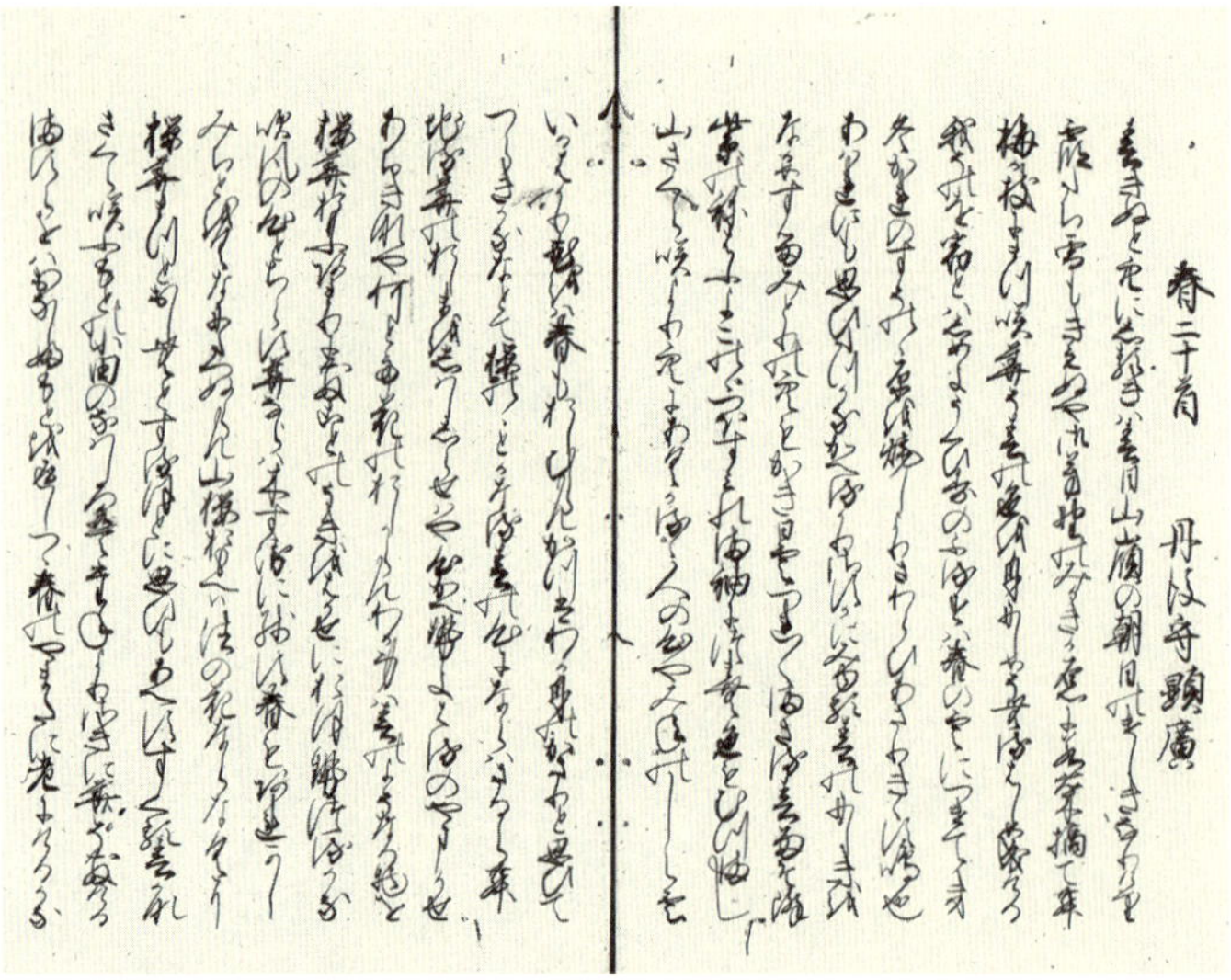
春二十首
丹波守顕廣

図3　宮内庁書陵部蔵『久安百首（歌人別本）』。11首目に「つらきかな……」の歌がある。第五句は「ならはざるらむ」。

を述べることになる。かつては恨んでいたということが、はっきりと表される。過去の自身の心情を振り返り、それに対して自省を加える。一首のなかでの過去と現在の心情の変化が明確になっている。

同様に、推量の助動詞から過去推量の助動詞への推敲は、もう一箇所ある。春十一首目の歌である（図3）。

つらきかなどて桜ののどかなる　春の心にならはざるらむ

（無情なことだ。どうして桜は、のんびりとした春の心にならわないで急いで散ってしまうのだろうか。）

この歌は、部類本では次のような本文である（図4）。

つらきかなどて桜ののどかなる　春の心にならはざりけむ

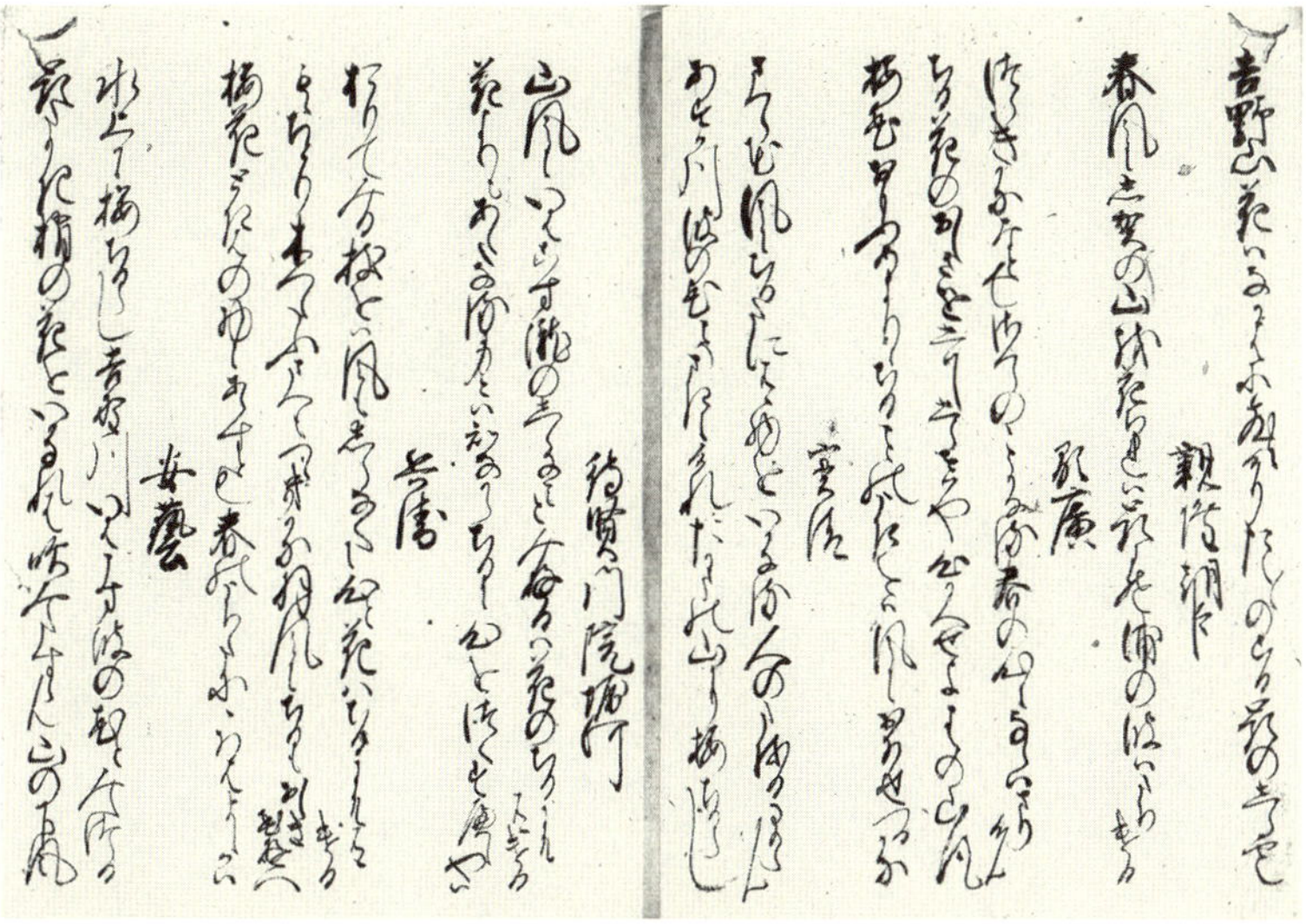

図4　今治市河野美術館蔵『久安百首（部類本）』。３首目に「つらきかな……」の歌がある。第五句は「ならはざりけん」。

ここには、推量の助動詞「らむ」から、過去推量の「けむ」への変更が見いだせる。

〝春の心にならわないのだろうか〟と〝春の心にならわなかったのだろうか〟の違いを考えよう。前者では、桜が春の心にならわず散ってしまうのだろうかと、桜が散る前にこれから起こる未来のこととして、もしくは桜というものの一般論として嘆いていることになる。しかし後者だと、春の心にならわずに、すでに桜は散ってしまったことが、はっきりしている。

「らむ」と「けむ」の違いは、些《さ》細《さい》な違いに見える。しかし、「けむ」を使うことによって、一首の主人公が過去の心情や経験を振り返り、それに対して疑問を覚えるという視点が明確になることで、普遍的な一般論としてではなく、主人公が確かに体験した、個人的な経験を詠んだものであることが、くっきりと浮かび上がる効果がある。俊成が変更によって狙った表現意図とは、そのようなものだったのだと考えられる。

「月冴ゆる」と「冴ゆる夜の」

次に取り上げるのは、冬部の一首である。

月冴《さ》ゆる氷の上に霰《あられ》ふり　心砕くる玉川《たまがは》の里

この歌は、歌人別本の諸本間では特に異同はない。しかし、部類本では、次のような本文になっている。

冴ゆる夜《よ》の氷の上に霰ふり　心砕くる玉川の里

初句が「月冴ゆる」から「冴ゆる夜の」に変わっている。つまり、「月」という素材が一つ削られたことになる。部類本の本文については後に詳しく述べるとして、まずは、詠進当時、つまり歌人別本の本文によって、一首を読んでみよう。

月が寒々とした光を放つ氷の上に霰が降って砕けるように、私の心が砕ける玉川の里よ。

冬の夜、氷に閉ざされ、音のない静かな玉川の里。その静けさを破るように、霰が降って、氷にぶつかり、音を立てて飛び散らばる。霰が砕け散らばる様子を、自分が千々に思い乱れる心象風景として詠んでいる。静寂と、それを破る動的で音を立てる霰との対比が鮮やかである。そしてその様子を、冬の月が照らしている。霰が降るなら、雲が夜空を覆うのが自然だから、現実にはありえない光景だ。しかし、非現実的な分、幻想的な光景である。月・氷・霰が織りなす白一色の世界は、やはり白い「玉」（真珠）を名に持つ玉川の里を舞台に展開されている。

ちなみに「玉川」と呼ばれる地は、山城国（京都府）の井手《いで》の玉川、摂津国（大阪府）の三島《みしま》の玉川、近江国（滋賀県）の野路《のじ》の玉川、紀伊国（和歌山県）の高《こう》野《や》の玉川、武蔵国（東京都）の調布《ちょうふ》の玉川、陸奥《みちのく》国（宮城県）の野田《のだ》の玉川、と六箇所ある。俊成がどの「玉川」を念頭に置いて作ったのかははっきりしない。おそらくは、月や霰がたとえられる「玉」を冠した地名を詠み込むことが重要で、現実のどの玉川かにこだわる必要はないだろう。

月も、氷も、霰も、玉も、「砕く」と表現される伝統がある。そのために、それらの詞が、第四句にある「砕くる」に収斂《しゅうれん》する構成である。しかも、月は氷・玉に、霰は玉に、たとえられたり見立てられる関係にある。白く、丸く（氷は丸とは限らないが）、輝きを持つものという共通点から、比喩《ひゆ》や見立ての関係が生まれる。そのような関係にある月・氷・霰・玉を組み合わせ、互いに絡み合い、強調するように詠んでいるのが、この歌の特徴だ。

白色美の世界

では、この歌の初句はなぜ変えられたのだろうか。まず、俊成が最初にこの歌を詠んだ時の意識を考えるために、歌人別「久安百首」の俊成が詠んだ冬歌十首の全体から見てみよう。百首歌で詠まれる歌は、一首ずつで見るだけではなく、どのような並び方をしているかという点が重要になるからだ。

冬十首

1 いつしかと冬のしるしに竜田川《たつたがは》　紅葉《もみぢ》とぢまぜうす氷せり
2 まばらなる真木《まき》の板屋《いたや》に音はして　もらぬ時雨《しぐれ》は木《こ》の葉なりけり
3 風さやぐさよの寝覚《ねざめ》のさびしきに　はだれ霜ふり鶴沢に鳴く
4 月清み千鳥《ちどり》鳴くなり沖つ風　吹飯《ふけゐ》の浦の明けがたの空
▼5 月冴《さ》ゆる氷の上に霰ふり　心砕くる玉川の里
6 空に満《み》つ愁《うれ》への雲のかさなりて　冬の雪とも積もりぬるかな
7 雪ふれば道たえにけり吉野山《よしのやま》　花をば人のたづねしものを

8 冬の夜《よ》の雪と月とを見るほどに　花の時さへ面影ぞたつ
9 小野山や焼く炭がまにこり埋づむ　爪木《つまぎ》とともに積もる年かな
10 行《ゆ》く年を惜しめば身にはとまるかと　思ひいれてや今日を過ぎまし

1では、秋の名残《なごり》を感じさせる紅葉と、冬の題材である氷の組み合わせが詠まれる。2では板屋に落ちて音を立てる木の葉、3では音を立てて吹く寒風と鶴の鳴き声、4では千鳥の鳴き声、5の「月冴ゆる……」で、氷の上に音を立てて降る霰が詠まれる。6では一転、空を覆う沈鬱な雲と雪とを組み合わせ、7では桜の名所・吉野山を舞台に雪と桜花を対比させ、8では冬の雪と月に、春の花を想像する。

いわば、2〜5は、冬の夜の「音」を詠み、5〜8では「白」一色で覆われた冬の景色を表現している。5は、音を詠む2〜5と、白色を詠む5〜8の、ちょうど連結点に位置する歌なのだ。しかも、6は雲と雪、7は雪と花、8は雪・月・花と、すべて、単独で白い物を詠むのではなく、白い物同士を組み合わせている。8が雪・月・花を組み合わせているのは、白居易《はくきょい》▲の有名な詩句「雪月花の時最も君を憶《おも》ふ」を念頭に置いたものである。ここでは四季折々の美しいものすべて、という意味で使われているが、それを俊成は、白一色で統一され、重ね合

白居易　七七二—八四六年。白楽天《はくらくてん》とも。中唐の漢詩人。白居易の詩は日本で大変な人気を得て、広く読まれた。また白居易の詩集『白氏文集』(「はくしもんじゅう」または「はくしぶんしゅう」とも)は、教養の書として必読でもあった。

俊恵　一一一三―？年。歌林苑《かりんえん》と名づけた自身の僧坊で、貴族・僧侶・女房など多くの歌人たちが集《つど》う歌会を開いた。

鴨長明　一一五五？―一二一六年。賀茂御《かものみ》祖《おや》神社の神官の一族として生まれた。歌林苑に出入りし、和歌を俊恵に学ぶ。『方丈記《ほうじょうき》』の作者として有名。

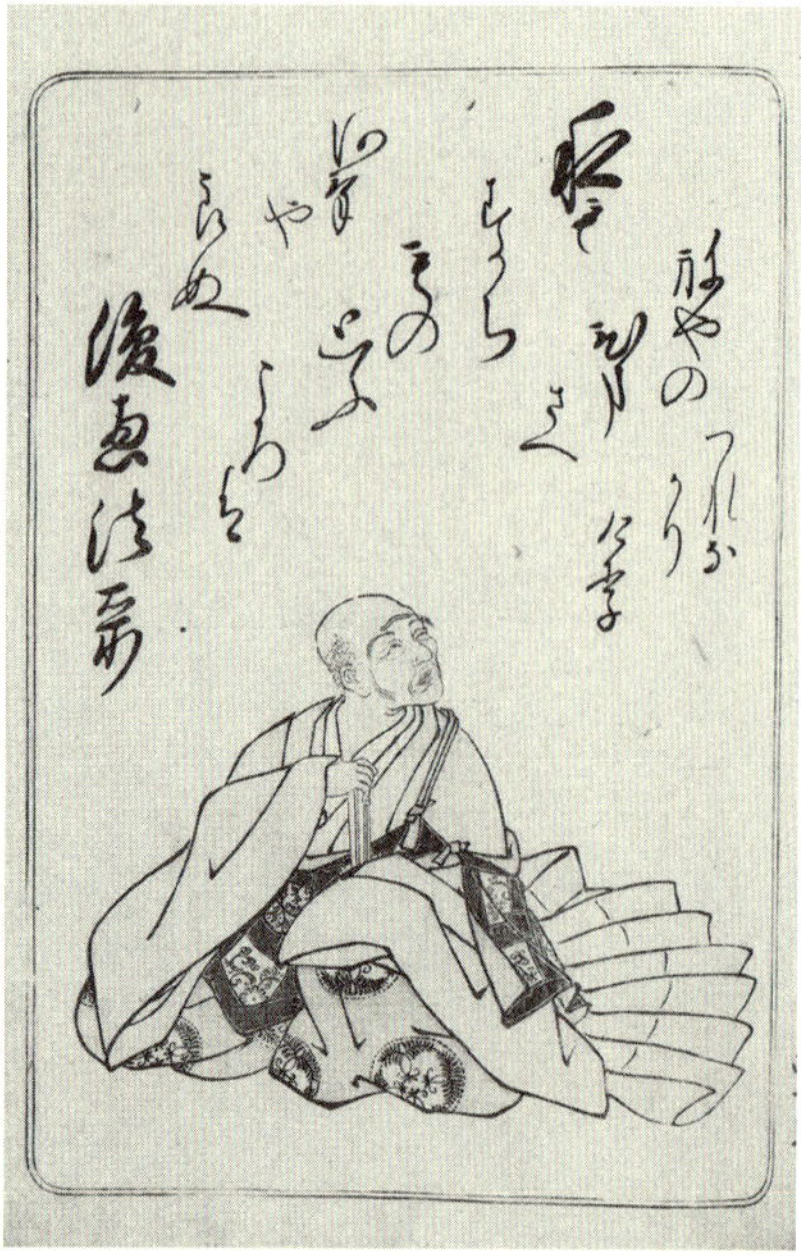

図5　国文学研究資料館蔵『錦百人一首あづま織』。俊恵も『百人一首』に選ばれている。歌は「夜もすがらもの思ふころはあけやらぬ　ねやのひまさへつれなかりけり」。

わされた美として取り入れたのだった。

俊成は、単純に白色のものを詠むのではなく、白色の題材を複数組み合わせることで、白色美を強調するという方法を好んだ。月光を氷や玉に反射させることで、白い輝きを強調する。重ね合うことで輝きや色を増す〝白〟を詠もうとしていると考えられるのである。

俊恵の批判

実はこの歌には、俊成と同時代の歌人・俊恵《しゅんえ》▲（図5）による、厳しい批判が残されている。鴨長明《かものちょうめい》▲（図6）『無名抄《むみょうしょう》』▲の「俊恵歌すがた定むる事」に、その記事がある。

但し、よき詞《ことば》を続けたれど、求めたるやうになりぬるをば、失とすべし。ある人の歌に、

月冴ゆる氷の上に霰ふり　心砕くる
玉川の里

『無名抄』　一二一一年頃の成立。和歌に関する故実や歌人の逸話などを記した歌論書。長明の自伝的性格もある。

大江匡房　一〇四一―一一一一年。平安時代後期の漢詩人・歌人。

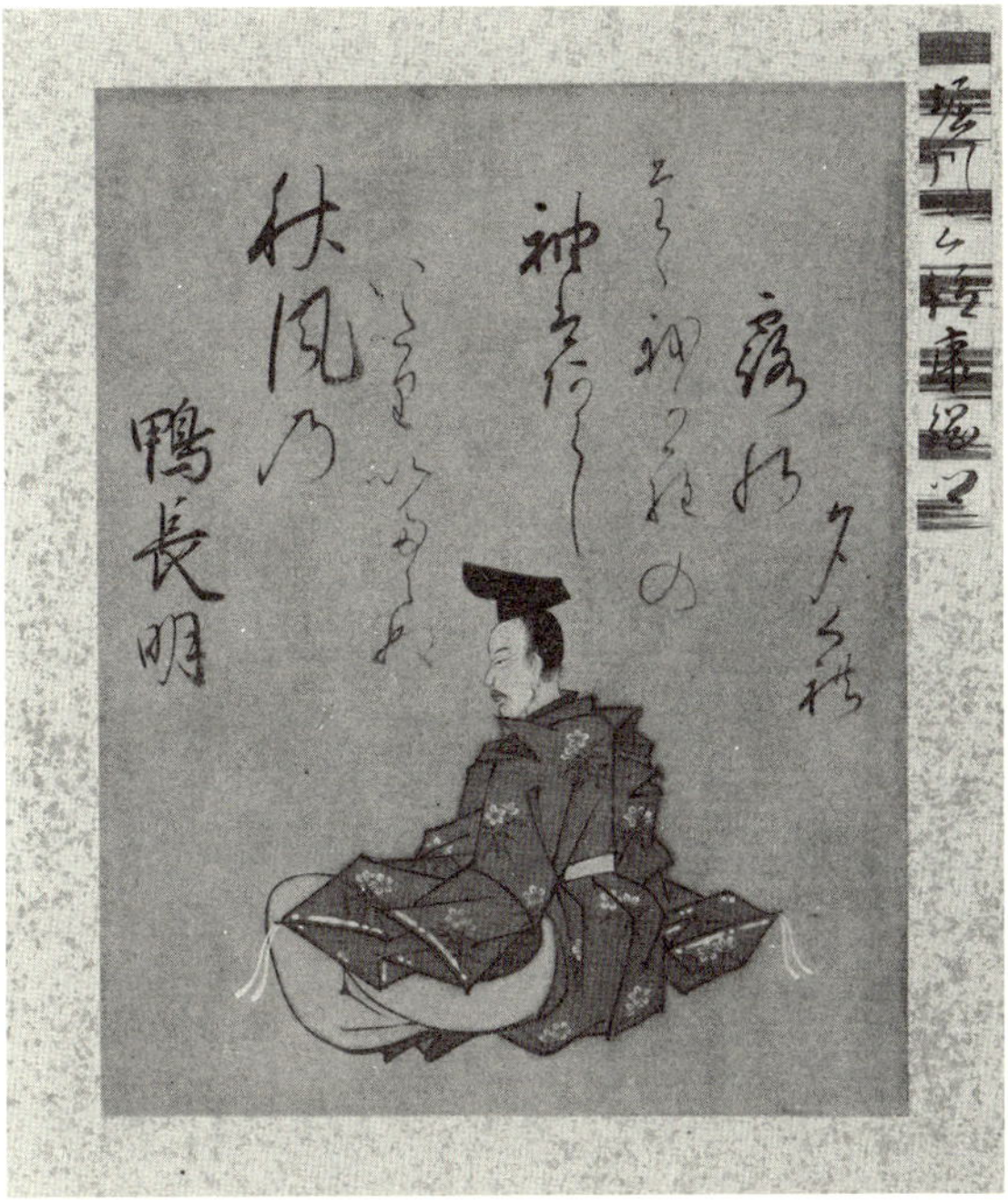

図6　国文学研究資料館蔵『中古三十六人歌合』。『方丈記』の作者として有名な鴨長明は、俊成や定家と同時期に活躍した歌人でもあった。

これは、たとへば石を立つる人の、よき石を得ずして、小さき石どもを取り集めて、高くさし合はせて立てたれど、いかにもまことの石には劣れるやうに、わざとびたるが失にて侍るなり。

（但し、良い詞を続けたけれど、狙ったようになってしまったのは失敗作とすべきである。ある人の歌に、

月冴ゆる氷の上に霰ふり　心砕くる玉川の里

これは、たとえば石を庭に立てる人が、良い石を手に入れられなくて、小さな石をいくつも集めて、高く取り合わせて立てたけれど、本当に良い石には劣るように、作意が目立ってしまったのが失敗です。）

俊恵がどのような点を批判しているかは、続きの記述を見れば、よりはっきりと分かる。俊恵は大江匡房《おおえのまさふさ》▲の「白雲と見ゆるにぞしる御吉野《みよしの》の　吉野の山の花ざ

かりかも」を挙げて、「よき歌の本《もと》」（良い歌の手本）と絶賛する。そして「させる秀句《しゅうく》もなく、飾れる詞もなけれど、姿うるはしくきよげに言ひくだして、長高《たけたか》く遠白《とほしろ》きなり。たとへば、白き色の殊《こと》なる匂ひもなけれど、もろもろの色に優れたるがごとし」と説いている。ここで俊恵が優れた歌の理想としてあげている匡房の歌も、白雲と花という、白色の景色を詠んでいる。この例歌の優れた点を説明する上で、俊恵は、白色がことさら特徴はないけれども、さまざまな色よりも優れている。それと同じように、匡房の歌も、特別な技巧を凝らしたわけではなくとも、堂々とした、スケールの大きさがあると述べているのだ。

俊恵は、俊成の「月冴ゆる……」と対照的な例として、同じく白色美を詠んだ匡房の歌を挙げた。「月冴ゆる……」が、月・氷・霰・玉の題材を組み合わせて白色美を詠んだ歌であると理解した上で、さらには俊恵自身も白色が特別に美しいと考えていながらも、俊成の表現について評価することはできなかったのだ。白色美を詠む上で、重なり合う美しさを求めた俊成と、素直で雄大な美しさを求めた俊恵では、求めるもの、理想とするものが大きく異なっていたのである。

では、俊成が歌人別本から部類本を編み直す際に、「月冴ゆる」から「冴ゆる夜の」へと本文を変えたのは、こうした俊恵の批判があったからだろうか。俊恵の批判は、俊恵の弟子・長明に伝えられたもので、俊成の耳に届いていたかどう

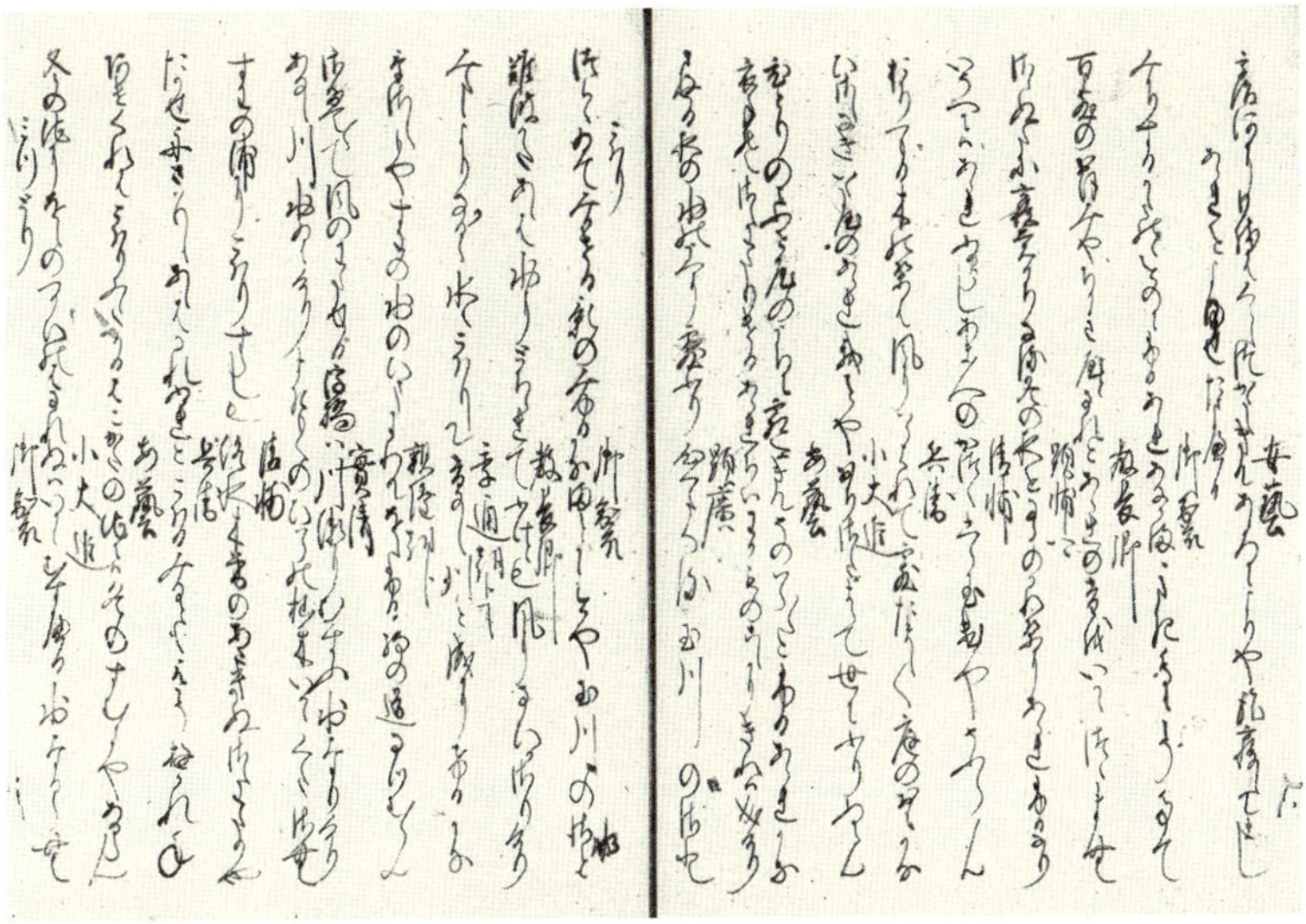

図7　今治市河野美術館蔵『久安百首（部類本）』の霰歌群と氷歌群の部分。霰歌群はこの見開きの２首目から始まっている。

かは分からない。しかし、「月冴ゆる」から「冴ゆる夜の」へと初句を変えて、月を削ったことにより、俊恵が批判したような、細かな題材の寄せ集め、という印象は、幾分か軽減されるようにも思われる。

部類本の配列

とはいえ、俊成がこの歌の初句を「月冴ゆる」から「冴ゆる夜の」へと変えたのには、別の理由があると考えられるのだ。それは、部類本の配列である。

先ほど、「月冴ゆる」は、歌人別本の冬十首の配列の中で、冬の夜の物音を詠んだ歌から、白色美を詠む歌へ、つなぎ目としての役割を果たしていることを述べた。一方、部類本での、この歌の前後は、次のような配列になっている（図7）。

霰《あられ》をよませたまへる　　御製［崇徳院］

御《み》狩《かり》する交野《かたの》の小野にふる霰　あなかままだき鳥もこそたて
教長卿

百敷《ももしき》の大宮ちかき宿なれど　霰の音をいかが包まむ
顕輔卿

さらぬだに寝覚《ねざめ》がちなる冬の夜《よ》を　楢《なら》の枯れ葉に霰ふるなり
清輔

磯辺《いそべ》には霰ふるらし海士《あま》人《びと》の　かづく白玉数やそふらむ
兵衛

落ち積もる木の葉は風に払はれて　霰玉しく庭のおもかな
小大進

廂《ひさし》なき板屋の霰我がことや　落ちさだまらで世にふりぬらん
安芸

独りのみ伏《ふ》せ屋のうちに霜置きて　園原《そのはら》はらとふる霰かな
衣手《ころもで》ぞ冴えわたりける霰地《あられぢ》は　我が裳《も》の腰《こし》に着ればなりけり
顕広［俊成］

▼冴ゆる夜《よ》の氷の上に霰ふり　心砕くる玉川の里
氷

御製［崇徳院］

つらゐてみがける影の見ゆるかな　まことに今や玉川の水

教長卿

難波《なには》潟蘆《がたあし》は氷に閉ぢられて　吹けども風になびかざりけり

［以下略］

俊成の歌は、霰を主題とする歌群の最後に置かれている。霰の歌九首を見ると、一首目の崇徳院御製に「あなかま」（ああうるさい）とあるのに顕著なように、霰が降って立てる音に着目する三首から始まる。清輔・兵衛《ひょうえ》は霰を「玉」（真珠）にたとえ、白く輝く美しさを表現する。小大進《こだいしん》と安芸《あき》一首目は、「板屋」「伏せ屋」という粗末な侘《わ》び住まいで霰が降ることを寂しく感じ取っている和歌である。そして末尾二首、安芸二首目と俊成の歌は、どちらも「冴ゆ」の詞を用いており、冬の寒さが重要な要素となっている。いわば霰歌群は、音を立てて降る霰（聴覚）→玉に見立てられる霰（視覚）→侘び住まいに降る霰（寂寥感）→霰の降る夜の寒さ（触覚）、と、二～三首ずつ、霰の捉え方を変えながら並んでいるのが特徴である。

「冴ゆ」は、主に寒気を表すが、光や音の形容としても用いられる詞である。

難波潟　現在の大阪市の上町《うえまち》台地の西側に広がっていた海で、旧淀川《よどがわ》の河口にあたる。あたり一面に葦《あし》が生い茂っていたため、和歌では葦と組み合わせて詠まれることが多い。

「月冴ゆる」では、冬月が放つ寒々しい光の形容が第一義で、そこに冬夜の寒気と霰の立てる音の形容としても「冴ゆ」が連想されるようになっている。視覚だけでなく、触覚・聴覚の表現としても働くのだ。

一方、「冴ゆる夜の」では、「冴ゆ」が表すのは冬夜の寒気が中心である。

寒々とした夜、張りつめた氷の上に霰が降って砕けるように、私の心が砕ける玉川の里よ。

重なり合う白色美を表現しようとした一首に、白い月光は重要な要素であるはずだ。それを排除したのである。

その理由は、次に配列された崇徳院の和歌から始まる氷歌群にあったのではないか。崇徳院の「つららゐて……」は、「凍り付いて表面を磨《みが》いたように物の影が映り込んで見える、本当にその名のとおり〝玉〟川の水だよ」という意味の歌だ。凍り付いた玉川を詠む点も、白く寒々しい景色を詠む点も、俊成の歌と共通していて、この二首の連続はスムーズである。そして、鏡面のような氷で閉じられた玉川の水を詠む崇徳院の歌から、難波潟▲が氷で閉ざされ、風が吹いてもびくともしない様子を詠む次の教長の歌へとつながってゆく。

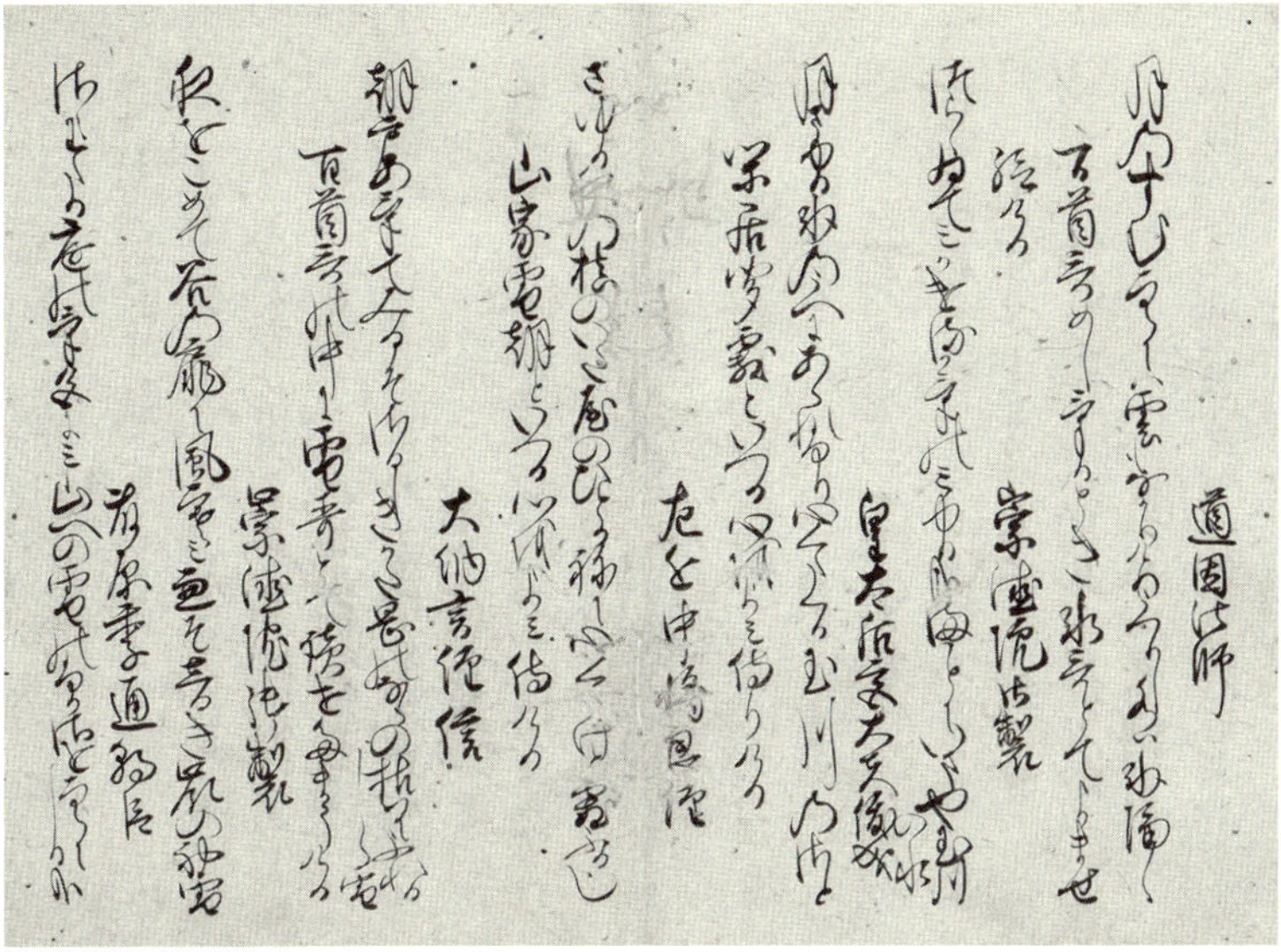

図8　国文学研究資料館蔵『千載和歌集』。3首目に俊成の「月冴ゆる……」がある。

この配列の中で、俊成の歌の初句が「月冴ゆる」であったとしたら、どのような違いが生まれただろう。月光が全体を照らし、白い輝きが強く脳裏に浮かぶ。次の崇徳院の歌に月は詠まれていないが、前の俊成歌が月光を詠んでいると、「影」は月光を意味するように受け取れる。つまり、水が凍り付いて張りつめ、動きを止めた静寂の世界よりも、白く輝いた情景が強調される。そうなると、氷の静寂を詠んだ教長の歌にうまくつながってゆかない。

俊成は、霰を主題とする歌から、凍り付き閉ざされた氷の歌へつなげてゆくため、月光を排除することで霰に焦点が絞られるように配慮しているのである。

ちなみに、後年に俊成が撰者をつとめた『千載和歌集』にも、崇徳院の和歌と俊成の歌は連続している。しかし『千載和歌集』では、初句は「月冴ゆる」なのだ（図8）。

冬月といへる心をよめる　平実重

夜をかさね結ぶ氷の下にさへ　心ふかくも宿る月かな

氷の歌とてよめる　左大弁親宗

いづくにか月は光をとどむらん　宿りし水も氷りゐにけり

藤原成家朝臣

冬来れば行《ゆ》く手に人は汲まねども　氷ぞむすぶ山の井の水

道因法師

月の澄む空には雲もなかりけり　うつりし水は氷へだてて

百首歌めしける時、氷の歌とてよませ給うける

崇徳院御製

▽つららゐてみがける影の見ゆるかな　まことに今や玉川の水

皇太后宮大夫俊成

▼月冴ゆる氷の上に霰ふり　心砕くる玉川の里

閑居聞レ霰《かんきよにあられをきく》といへる心をよみ侍りける

左近中将良経

冴ゆる夜《よ》の真木の板屋の独り寝に　心砕けと霰ふるなり

こちらでは、部類本「久安百首」とは逆に、氷の歌から霰の歌へと進んでゆく。俊成が部類本の「冴ゆる夜の」を採らず、歌人別本の「月冴ゆる」の初句に戻し

たのは、一つには、次に配列される藤原良経《よしつね》の歌と初句が重なってしまうのを避けるため、という理由が考えられる。しかしそれよりも重要なのは、『千載和歌集』の氷歌群の前は、冬の月を主題とした歌であって、氷歌群も、一首おきに月が現れるように置かれていることだ。つまり、ここでは月の光を排除する必要はない。崇徳院の歌も、俊成の歌も、冬の月光に照らされる氷を詠んだ歌として並べられているのである。

「久安百首」の部類本を編み直す際に、俊成は「月冴ゆる」から「冴ゆる夜の」に変更した。しかしその後、『千載和歌集』でも、次章以後に述べる個人歌集類でも、この歌を収める際の本文はすべて「月冴ゆる」である。部類本の配列を考慮して、一度は「冴ゆる夜の」に変えたものの、俊成にとってこの歌には、白く輝くものたちを照らす白い月光が不可欠だったのだということだろう。

俊成が歌人別本から部類本を編纂する際に、本文を変更した例を、わずかではあるが見てきた。特に「月冴ゆる」と「冴ゆる夜の」の本文異同は、配列と不可分だ。和歌一首だけを見て、和歌内部からだけ理由を考えようとしても限界があることの一例になるだろう。前後の歌との関わり、歌群の中での位置づけなど、変更の理由は多面的なのである。

二▼長秋詠草と長秋詠藻

俊成の家集

和歌を集めた本を「歌集」という。中でも、歌人の個人歌集を「家集《かしゅう》」と呼ぶ。「私家集《しかしゅう》」「諸家集《しょかしゅう》」とも呼ばれるが、本書では、最もよく使われる「家集」を用いておく。

藤原俊成の家集は、四種類ある。

1　長秋詠藻
2　俊成家集
3　保延《ほうえん》のころほひ
4　続長秋詠藻

この中で、『続長秋詠藻』は後の時代になってから、他人によって編纂された他撰家集であるが、『長秋詠藻』『俊成家集』『保延のころほひ』はすべて、俊成

西行　一一一八―九〇年。平安時代末期の歌人、僧侶。俗名は佐藤義清《のりきよ》。桜花と月を愛し、旅に生涯を過ごした。新古今時代の歌人たちからは、厚い尊敬を集めた。『新古今和歌集』には集中最多の九十四首が入集している。家集に『山家集《さんかしゅう》』『西行上人《しょうにん》家集』『聞書集《ききがきしゅう》』『残集《ざんしゅう》』がある。

が自分自身の和歌から撰び出し、編集した家集、すなわち自撰家集《じせんかしゅう》だ。つまり俊成は、自身の家集を生涯に三度、自らの手で編んでいる。しかも、収められている和歌は大部分が重なっており、新作を集めた新しい家集を編む、というよりは、同じ「素材」を使って別の作品を作る、という性質が強い。

前章の「久安百首」歌人別本から部類本を編纂することが、ミュージシャンが、自分のアルバムの楽曲を入れて、複数のミュージシャンの楽曲と一緒のコンピレーションアルバムを編集するようなものならば、家集の編纂は、ベストアルバムの編集である。

本章では、俊成が自分の和歌を集成した家集——ベストアルバムを編集する際の変更について見てみよう。

『長秋詠藻』諸本

三種の自撰家集の中で、最もよく知られ、読まれているのが、『長秋詠藻』である。新古今時代の代表歌人、西行《さいぎょう》▲・俊成・定家・家隆《いえたか》▲・良経《よしつね》▲・慈円《じえん》▲の六人の家集は、一括して「六家集《りつかしゅう》」と呼ばれるが、この六家集に含まれるのは『長秋詠藻』である。俊成の家集といえば『長秋詠藻』がまず挙げられる。

俊成の家集については、松野陽一『藤原俊成の研究』が必読で、『長秋詠藻』

家隆　一一五八―一二三七年。藤原氏。『新古今和歌集』の撰者の一人でもあり、同集には四十三首が入集する。家集は『壬二集《みにしゅう》』(玉吟集《ぎょくぎんしゅう》とも)。

良経　一一六九―一二〇六年。藤原氏。新古今時代に、定家・慈円とともに新たな和歌を模索した新風歌人の一人。『新古今和歌集』の代表歌人であり、仮名序の作者でもある。同集には七十九首が入集する。家集は『秋篠月清集《あきしのげっせいしゅう》』。

慈円　一一五五―一二二五年。歌人、僧侶。天台座主《てんだいざす》を生涯に四度つとめた。定家・良経とともに、新風和歌の開拓につとめる。良経の叔父にあたる。『新古今和歌集』には九十二首が入集する。家集は『拾玉集《しゅうぎょくしゅう》』。

についても、松野の詳しい分析と考察がある。ここでは、俊成が自分の家集をどのように作ったのか、という問題にも関わるため、やや煩雑《はんざつ》な話になるが、『長秋詠藻』の諸本から説明したい。松野は大きく四類に諸本を分け、さらに細かく下位分類を立てているが、ここでは、大きな分類のみに絞って話を進める。

一類から四類までを分ける目安は、まずはその収録歌数だ。『長秋詠藻』は、大きく分けてA～Eの五つの歌群からなる。収録する歌群と、一～四類の対応を簡略に示したのが、次の表である。

歌群構成		一	二	三	四
A	上巻（久安百首・述懐百首）				
	中巻（春～恋）				
	下巻（雑）				
B	右大臣家百首	×			
C	千五百番歌合百首	×	×	×	
D	（長歌歌群）	×	×		
E	（文治年間歌群）	×	×		

一類本は、久安百首・述懐百首からなる上巻と、部類歌からなる中・下巻を収める（A）。これが、『長秋詠藻』の基本で、俊成が編集した原型であると推測される。

二類本は、一類本（A）に右大臣家百首（B）を付け加えたもの。

三類本は、二類本（A・B）に、さらに長歌歌群（D）と文治年間歌群（E）を付加している。

四類本は、三類本（A・B・D・E）に千五百番歌合百首（C）を付加したものである。

つまり、一類本から二類本へ、さらに三類本、四類本へと、歌数が増やされ、増補が重ねられて、各類本は成立したのだ。歌数が多い本ほど、原型からは隔たっていることになり、また本文にも劣化が認められる。

『長秋詠藻』の成立

さて、『長秋詠藻』はどのような経緯で作られた本であったのだろうか。それを教えてくれるのが、二・三類本の、A（原型部分）とB（右大臣家百首）の間にある、定家が記した次の識語である（図9）。

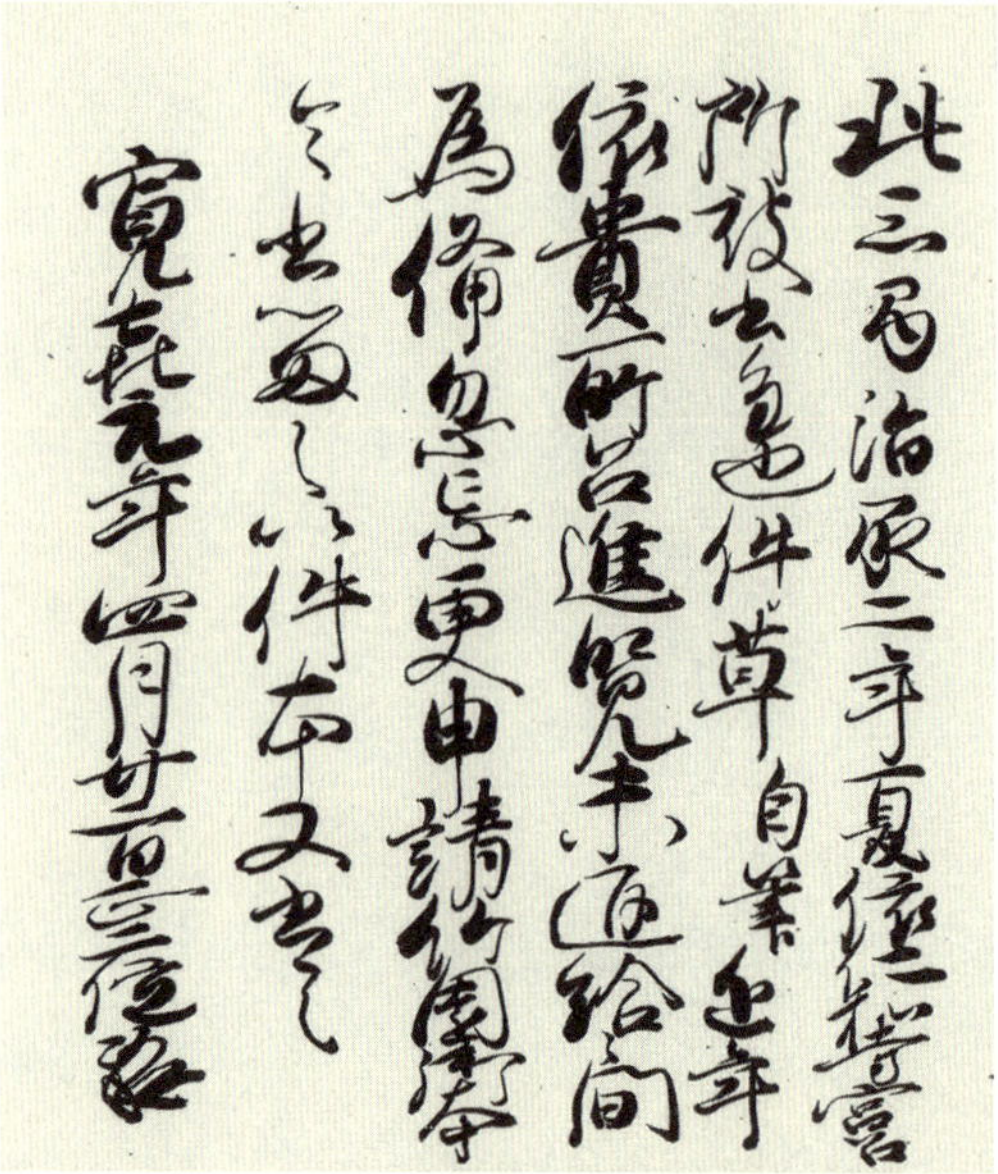

図9　宮内庁書陵部蔵『長秋詠藻』の定家識語部分。

此三巻治承二年夏依㆓仁和寺宮召㆒所㆑被㆓書進㆒也。件草自筆近年依㆓貴所召㆒進覧、未㆓返給㆒之間、為㆑備㆓忽忘㆒更申㆓請竹園御本㆒令㆔書㆓留之㆒。以㆓件本㆒又書㆑之

寛喜元年四月廿二日正二位　[定家]花押▲

（此《こ》の三巻、治承二年夏に仁和《にんな》寺宮《じのみや》の召しによりて書き進《まゐ》らせらるる所なり。件《くだん》の草〈自筆〉は近年貴所の召しにより進覧し、未《いま》だ返し給はざるの

花押《かおう》　自らが書き記した文書であることを証明するために書く記号。自分の署名を草書体で書いたものを図案化して用いる。

間、忽忘《こつぼう》に備へんが為に、更に竹園御本《ちくえんごほん》を申し請《う》け之《これ》を書き留めしむ。件の本を以て又之を書く。）

定家の識語は、『長秋詠藻』の成立について、重要な情報を与えてくれる。『長秋詠藻』は治承二年（一一七八）夏に、仁和寺宮▲・守覚法親王《しゅかくほっしんのう》に献上されたものだった。守覚法親王（一一五〇―一二〇二）は、後白河天皇の第二皇子で、門跡寺《もんぜきじ》院《いん》▲の一つである仁和寺の御室《おむろ》（主僧）だった。仁和寺には管弦や和歌を楽しむ文化サークルがあり、守覚法親王もまた、和歌を好んだ。治承二年には二十九歳である。

俊成は治承二年当時、六十五歳。三年前の安元元年（一一七五）に生死の境をさまようほどの大病を患《わずら》い、翌安元二年に出家した。俊成自身、老いた自覚もあり、自分の生涯の詠歌をまとめる意図があって、『長秋詠藻』を編集したのだろう（ただし実際は、その後三十年間生き、九十一歳という長寿で亡くなる）。

守覚法親王に献上した本とは別に、俊成の手元には、「件の草〈自筆〉」つまり俊成自筆の手控え本があった。この手控え本は、俊成が亡くなった後も、定家の手元にあったのだろう。しかし、依頼があって高貴な身分の人物に貸し出したところ、返却されない。定家にとっては、大切な、父親の家集である。そのままに

仁和寺宮　仁和寺は、京都市右京区御室《おむろ》にある真言宗御室派総本山の寺院。皇室とゆかりの深い門跡寺院で、仁和寺の門跡となった法親王を「仁和寺宮」と呼ぶ。

門跡寺院　皇子・公家が住職を務める特定の寺院。

竹園御本　梁《りょう》の孝王《こうおう》が庭に竹を植えた故事から、「竹園」は皇族の異称である。ここでは、後白河院皇子の守覚法親王のことを指す。

冷泉家　藤原定家の孫・為相《ためすけ》を祖とする家。定家の子・為家《ためいえ》の子どもたちの代で、御子《みこ》左家《ひだりけ》は二条・京極・冷泉の三家に分かれた。現在、京都市上京区に邸宅があり、公益財団法人冷泉家時雨亭文庫として事業を行っている。

冷泉為満　一五五九―一六一九年。織豊・江戸時代前期の公卿、歌人。慶長十九年に、徳川家康に『古今和歌集』の講義を行っている。

冷泉為頼　一五九二―一六二七年。為満の息子。

書写奥書　写本の巻末に、書写年月や来歴などについて、書写した人物が書き入れたもの。

してしまわないよう、定家は「竹園御本▲」つまり守覚法親王に献上した本を借りて、『長秋詠藻』を書写した。献上本を写した本を、さらに写したのがこの本だ、と識語には書かれている。

定家の識語が示す、寛喜《かんぎ》元年（一二二九）に書写した『長秋詠藻』は、現在、存在を聞かない。しかし、現在伝わる『長秋詠藻』の二・三類の伝本には、この定家識語が残されている。定家が書写した『長秋詠藻』を源流に持つ本が大半なのだ。

子孫が書写した『長秋詠藻』

ちなみに現在、俊成・定家の子孫にあたる冷泉家《れいぜいけ》▲には、代々伝わる蔵書を収める時雨亭文庫《しぐれていぶんこ》に『長秋詠藻』の重要な一本が伝えられている。定家が書写した本を、十七世紀に冷泉家当主であった冷泉為満《ためみつ》▲・為頼《ためより》▲父子が写したものである。以下、時雨亭文庫本と称する。先に挙げた四類の中では二類本、俊成が編集した原型部分にB（右大臣家百首）が付け加えられたもので、原型に近い形である。

時雨亭文庫本が、為満・為頼父子によって書写されたものであることは、時雨亭文庫本の、B（右大臣家百首）の後に記された書写奥書▲が示している。なお、為頼奥書の前に、仮名識語が記されている。仮名識語と為頼奥書をともに挙げる。

このさうし皇太后宮大夫入道俊成卿どのの御歌也。はじめをはりは京極の中納言入道どの《定家》の御て、中のほど女房のてにてかかれたるは、大夫入道どのの御むまご、中納言入道どのの嫡女、民部卿典侍ときこえし人の御て也。

［白紙］

這一冊京極黄門幷嫡女民部卿局両筆以レ本不レ違二一字一。亡父卿予交レ筆令三書二写之一畢。尤可レ為二証本一者也。

元和七年小春中旬　［為頼］花押

（這《こ》の一冊、京極黄門並びに嫡女民部卿局《ちやくじよみんぶきやうのつぼね》の両筆、本を以て一字として違《たが》へず。亡父卿と予、筆を交え之《これ》を書写せしめ畢《おは》んぬ。尤《もつと》も証本と為すべき者なり。）

仮名識語に書かれているのは、以下のような内容である。

・この本は、俊成の歌を集めたものである。
・本の冒頭と末尾の部分は、定家の手蹟で書かれている。

・中盤の女性の筆跡で書かれた部分は、俊成の孫、定家の娘にあたる民部卿《みんぶきょう》典侍《てんじ》の手蹟である。

この仮名識語は、筆蹟から民部卿典侍が記したものであるようだ（本人が自身の手蹟を「御て」と表すのが不審ではあるが）。定家とその娘・民部卿典侍の二人が写した本である、ということは、元和七年（一六二一）の為頼奥書にも記されている。為頼奥書は、さらに、

・定家と民部卿典侍が写した本を、一字違わず書写した。
・父（為満）と私（為頼）の二人で書写した。
・この本が最も信頼できる証本（よりどころとなる確かな本）である。

と記している。

確かに時雨亭文庫本は、冒頭・末尾の部分は、大胆で強弱をはっきり付けた定家様《ていかよう》で書かれ、他の部分は、細い女性的な字で書かれている（図10）。為満・為頼父子は、『長秋詠藻』を書き写すにあたって、定家筆の部分と民部卿典侍筆の部分を、それぞれの字体に似せて、写し分けているのである。

ちなみに、定家は数多くの歌書を書写しているが、この『長秋詠藻』のように、冒頭部分を自分で写し、他の部分は別の人物によって書写させている例が数多い。定家の監督・指示のもと、周囲の人々が歌書を写す作業にあたったのである。す

民部卿典侍　一一九五―？年。藤原因子。後鳥羽院、安嘉門院、後堀河院に仕えた。勅撰集に二十四首が入集する歌人でもあった。

定家様　藤原定家の書風をいう。特に、後代の人々が定家の書風を真似て書いたものを指す。

べてが定家の手で書き写されてはいなくとも、定家の意識や意向が反映した書写本であることに違いはない。

さて、時雨亭文庫本が持つ定家識語と為頼奥書によると、次のような過程をたどって、時雨亭文庫本が書写されたことが判明する。

俊成が守覚法親王に献上した本（i）

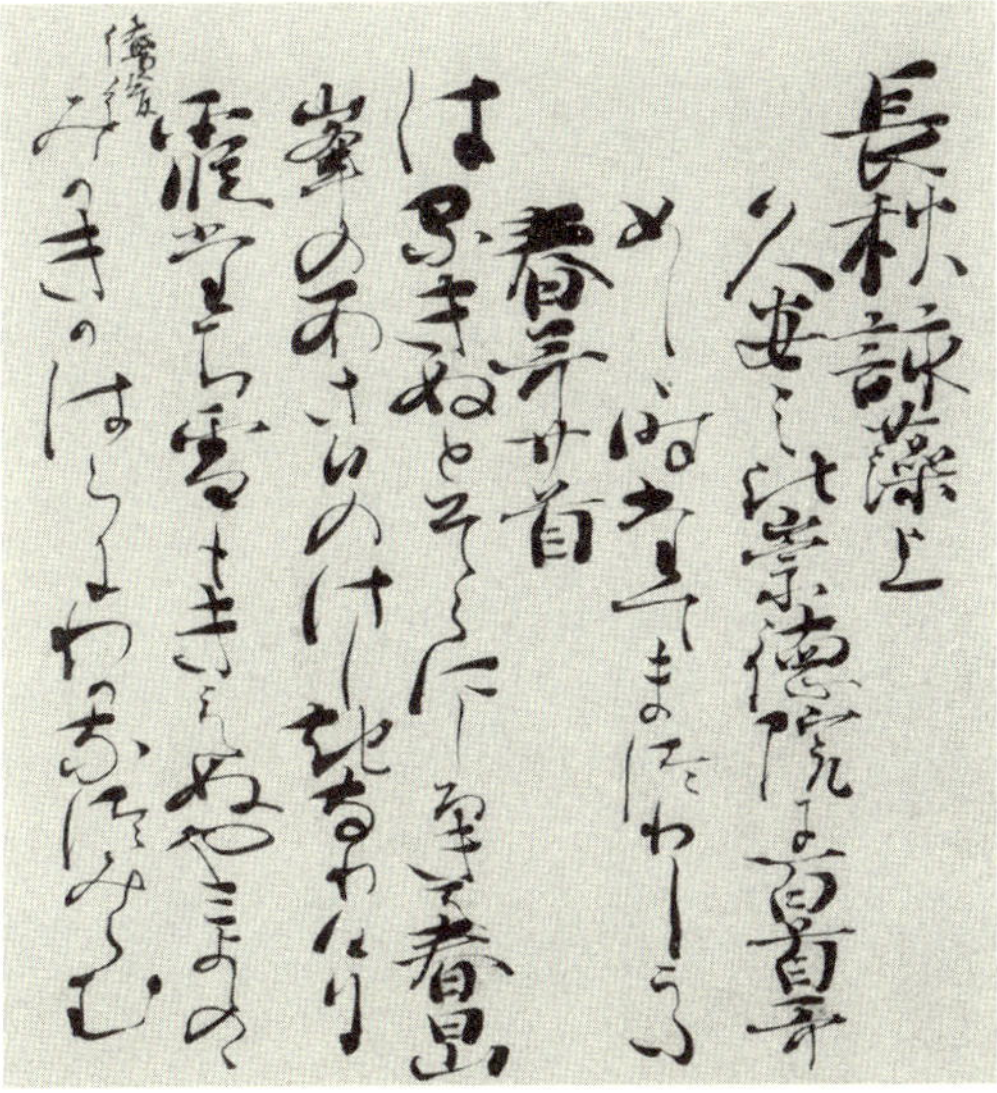

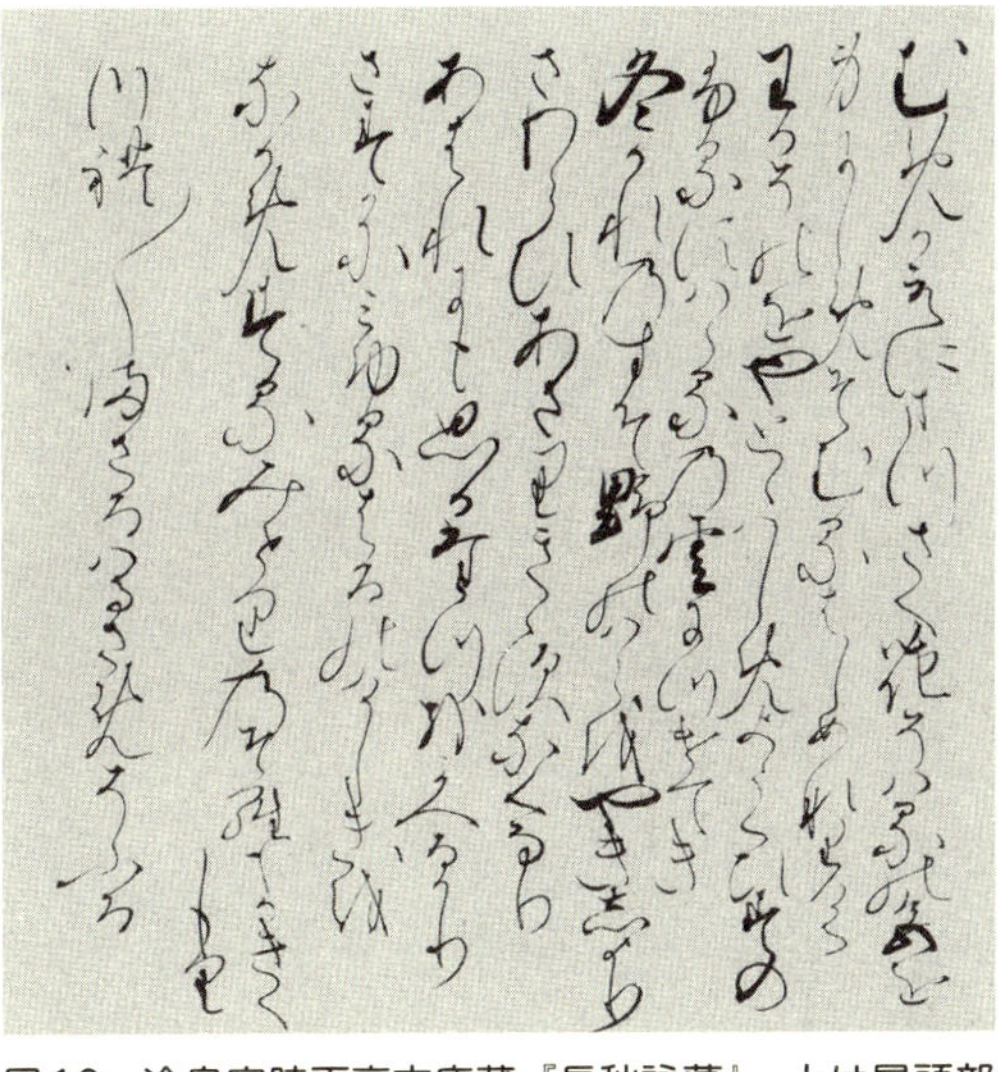

図10　冷泉家時雨亭文庫蔵『長秋詠藻』。上は冒頭部の1丁表、下は続く1丁裏である。上と下では字の特徴が全く違う。上は定家の筆跡を、下は民部卿典侍の筆跡を真似ているためだ。

←ⅰを借り出して定家が写した本（ⅱ）

←ⅱをさらに定家と民部卿典侍が書写した本（ⅲ）

←ⅲを為満・為頼父子が写した本（ⅳ）

ⅳが、現在の時雨亭文庫本ということになる。なお、この為頼奥書が記された「元和七年小春中旬」とは一六二一年十月中旬であるが、為満はこの二年前、元和五年（一六一九）二月十四日に亡くなっている。だから為満・為頼父子が『長秋詠藻』を書写したのは、元和五年に為満が亡くなる以前で、後に為頼が奥書を書き付けた、ということになる。

時雨亭文庫本は、俊成の息子である定家の書写本を、定家の子孫が忠実に書き写したものである。一字として違《たが》えずに写す、しかも字体の区別も忠実に書き写す、というのは、今の感覚で言えば複製を作るのに近い。為満・為頼が書写した本を、同じように忠実に写した本もあり、現在、宮内庁書陵部▲と陽明文庫▲に伝わっている（図11）。『長秋詠藻』には、俊成の子孫が大切に伝えてきた本、信頼の

宮内庁書陵部　皇室関係の文書や資料などの管理・編修、陵墓《りょうぼ》の管理を行っている、宮内庁の内部部局の一つ。皇居の中にある。

陽明文庫　公家の名門で、五摂家《ごせっけ》の筆頭である近衛家《このえけ》に伝来する古文書・典籍・美術品等を保管している公益財団法人。京都市右京区宇多野《うだの》にある。

おける本文が残されているのである。

一類本——俊成手控え本

なお、定家識語は、『長秋詠藻』の多くの諸本に記されている。二類本に和歌を付け加えて三類本ができ、さらに付け加えて四類本ができている。三類本も四類本も、ともに定家と娘・民部卿典侍の交筆本から派生した本だった。現在残る

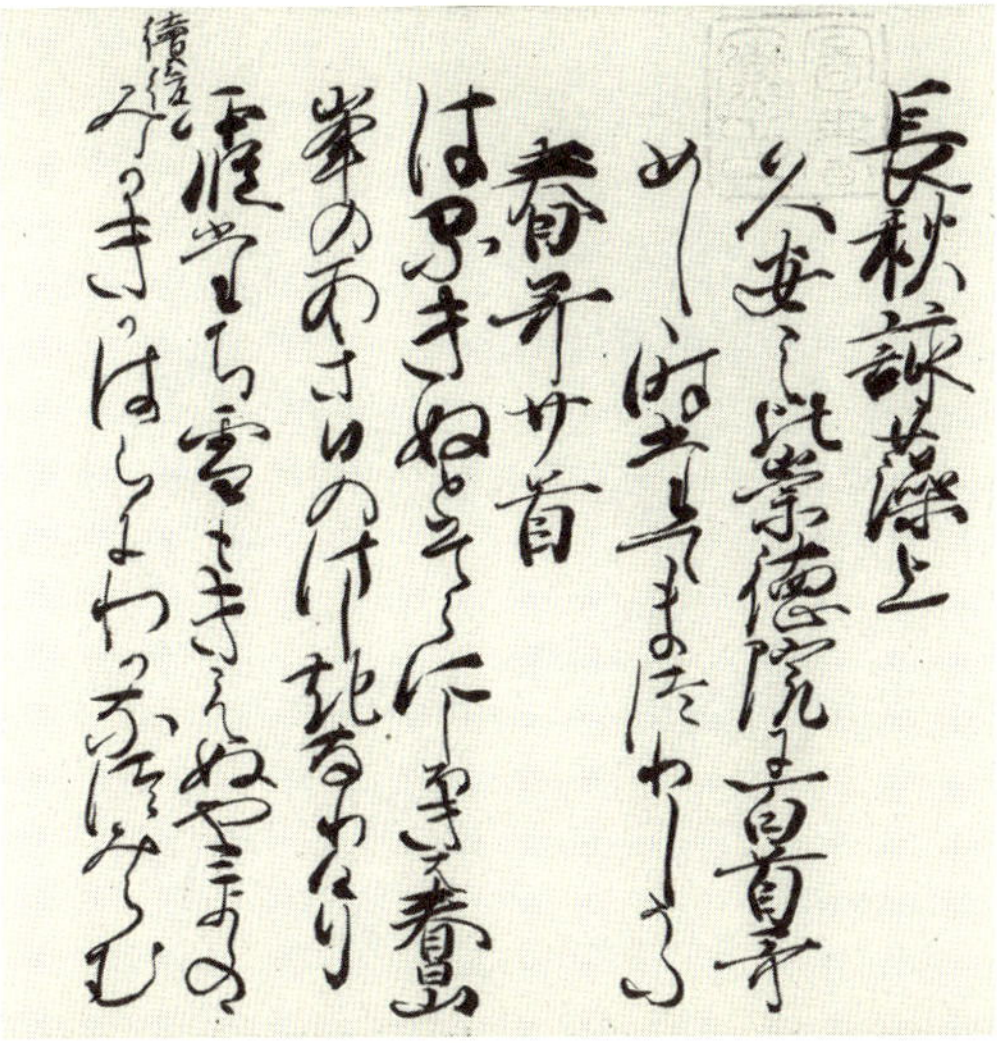

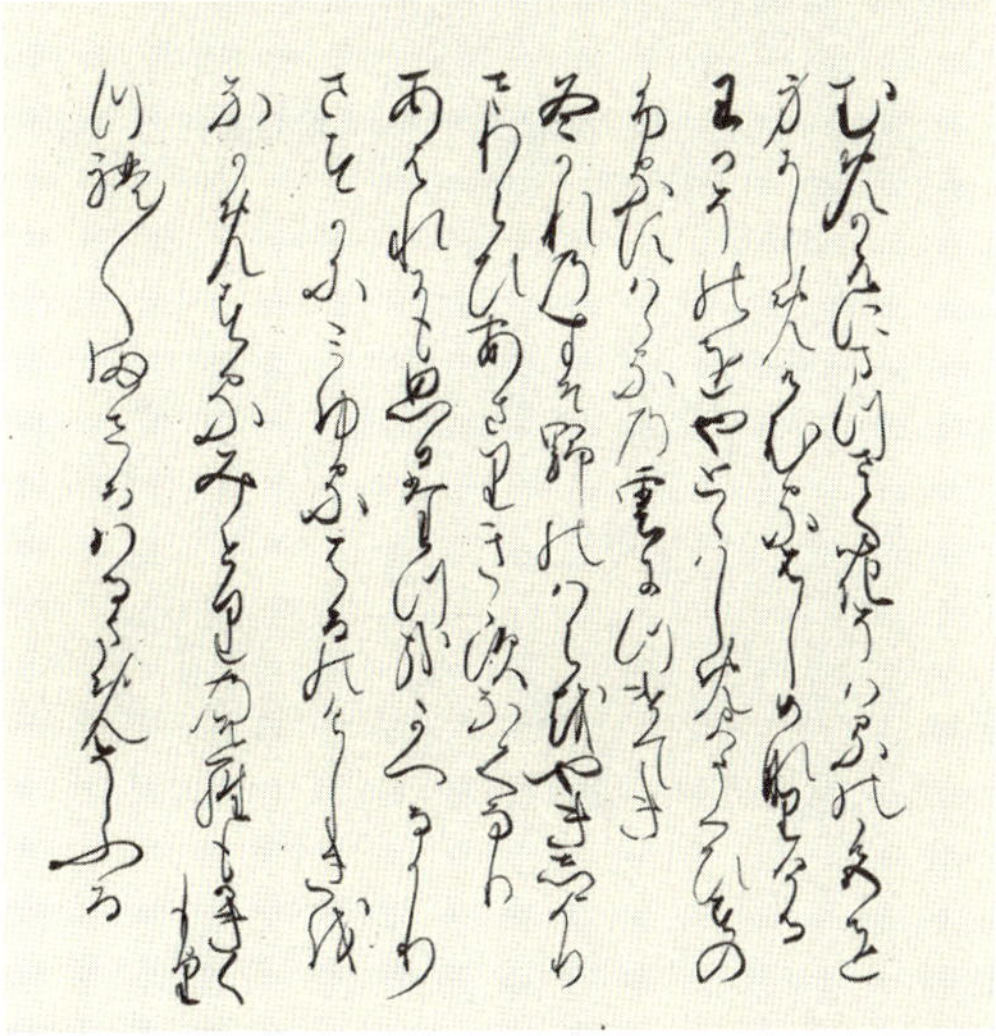

図11　宮内庁書陵部蔵『長秋詠藻』。43頁の冷泉家時雨亭文庫蔵本（図10）と比較すると、そっくりに写したものであることが一目瞭然だ。時雨亭文庫本と同様に筆跡の違いまで写し取ろうとしている。

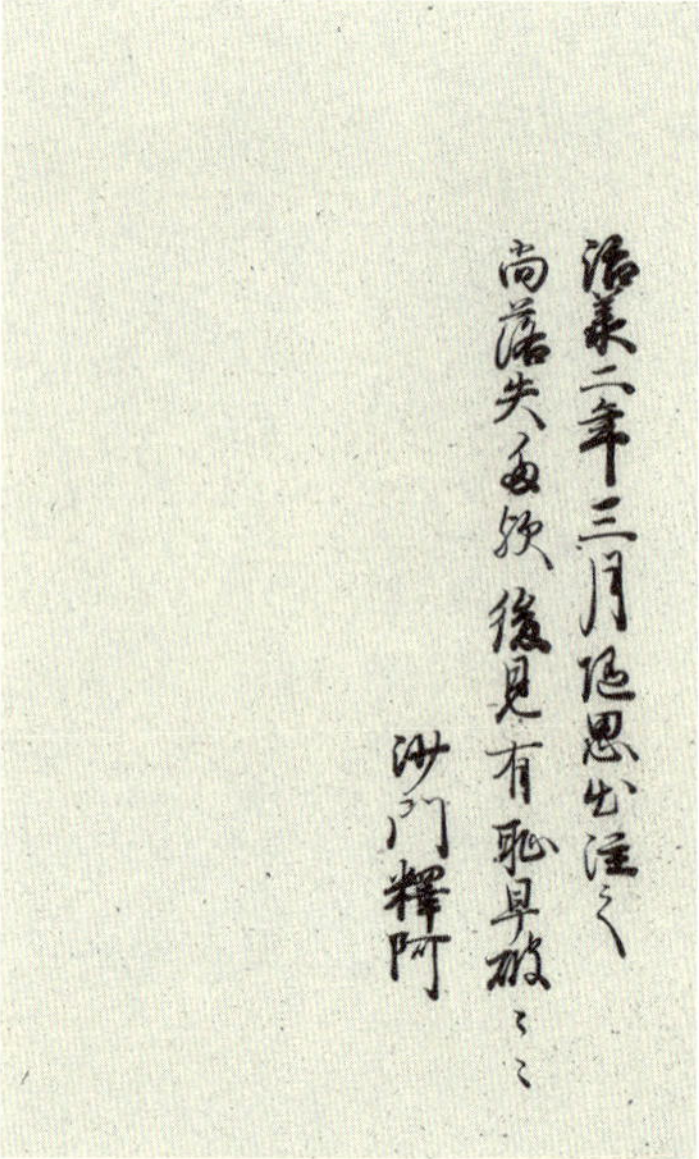

図12　筑波大学附属図書館蔵『長秋詠草』の識語部分。

『長秋詠藻』の諸本の源流には定家書写本があり、さらにその元は、俊成が守覚法親王に献上した本だった、ということになる。

しかし、定家書写本と異なる系統の本がある。それが一類本の筑波大学附属図書館蔵本である（以下、筑波本と略す）。筑波本は、Ａのみで、後から付加された部分を持たない。原型を留める本として、松野陽一が紹介したものである。

筑波本には、定家識語の代わりに次の識語が記されている（図12）。

治承二年三月随㆓思出㆒注㆑之、尚落失多歟、後見有㆑恥、早破々々

　沙門釈阿

（治承二年三月思ひ出すに随ひて之を注す、尚ほ落失多きか、後見恥有り、早く破れ早く破れ。／沙門釈阿）

署名の「沙門《しゃもん》」とは、出家した人、僧侶のこと。「釈阿《しゃくあ》」は俊成の法名《ほうみょう》（仏門に入った人が授かる名）である。つまりこの識語は、俊成自身が記したものなのだ。

この識語に記された年月は、治承二年三月、つまり献上本が完成したという定家識語が記す「治承二年夏」よりも早い。また、記し方が俊成自身の備忘の性格をうかがわせるもので、高貴な人にあてた書き方ではない。そのため、筑波本の識語は、献上本に付されたものではなく、俊成が自身の手控え本に付したものと推測されるのだ。つまり筑波本は、献上本ではなく、寛喜元年定家識語に見える「件の草〈自筆〉」の流れを汲む本だと考えられるのである。

『長秋詠藻』の諸本は、先述したように収録歌数によって分けられる。しかし一類本と二類本以下を分けるのは、単に歌の数だけではない。俊成手控え本の流れを引く一類本と、献上本の流れを引く二類本以下とに大きく分けることができるのである。

┌ 手控え本 ―― （一類本）
└ 献上本 ―― （二類本） ―― （三類本） ―― （四類本）

松野が一類本として挙げているのは筑波本のみである。松野陽一『藤原俊成の研究』が刊行された一九七三年当時は、この系統の本は筑波本しか知られていな

賀茂別雷神社三手文庫　賀茂別雷神社は、京都市北区の上賀茂《かみがも》神社の別称。三手とは、同社社家の総称で、社家の修学の便を図るために元禄十六年（一七〇三）に設立された。

かった。しかしその後、他にも一類本が伝わることが判明した。一九七六年に刊行された陽明叢書国書篇3『千載和歌集・長秋詠藻・熊野懐紙』（思文閣）の谷山茂解説で、陽明文庫にも、外題《げだい》（表紙に記された題）から「玉言集《ぎょくげんしゅう》」と呼ばれる歌書に、一類本の一冊が含まれていると紹介された（以下、玉言集本と呼ぶ）。その後、玉言集本に関する詳しい報告が出されることはなかったが、筆者が調べたところ、玉言集本は谷山の紹介したとおり、確かに一類本だった。さらに賀茂別《かもわけ》雷《いかづち》神社三手《みて》文庫▲蔵本を一類本に加えることができた（ただし、これら二本は俊成識語を持たない）。この一類本の三本の本文を詳しく調べ、二類本と比較すると、確かに一類本と二類本以下との間に本文異同があることを見いだすことができる。単に筑波本の写し誤りなのではなく、一類本に共通する本文であって、二類本以下と違う部分である、ということがはっきりした。それによって、草稿段階である手控え本から、献上本を清書する時点で、俊成が本文に推敲を加えていることが判明したのである。

最も目立つ違いは、一般的に『長秋詠藻』として知られる家集名が、一類本では『長秋詠草』と記されていることである（図13）。俊成ははじめ、『長秋詠草』と家集を名付け、その後、献上本を作る段階で『長秋詠藻』と表記を変えたのだ。ちなみに『長秋詠藻（草）』とは、皇后宮の唐名が「長秋宮」であることから、

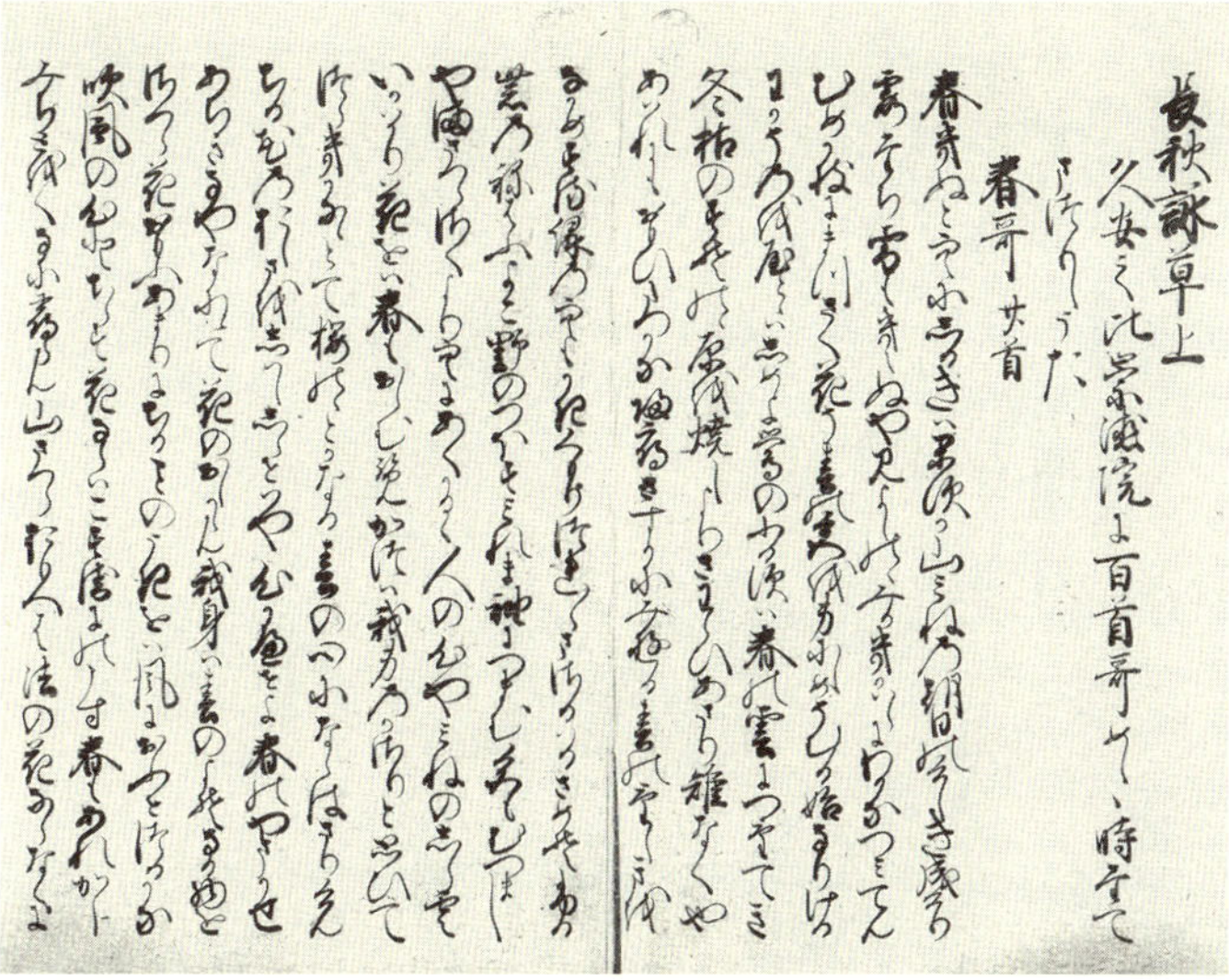

図13　筑波大学附属図書館蔵『長秋詠草』の冒頭部分。右端に「長秋詠草」と題が記されている。

〝皇太后宮に仕えた自分の詠草〟という意味の家集名である。

『長秋詠草』から『長秋詠藻』へ

『長秋詠藻』には、成立当時における二冊の俊成自筆本——手控え本と献上本の二種類の本文があることになる。同タイトルのベストアルバムで、収録する歌は基本的に同じだが、インディーズ版と録音し直したメジャー版がある、といったところだ。

　第一章では、歌人別本「久安百首」から部類本「久安百首」を編み直す際に、俊成が和歌に手を入れていたことを見た。では手控え本『長秋詠草』を編んだ後、献上本『長秋詠藻』を清書本として作る際にも、俊成は変更を加えているのか。無論、加えているのである。ここでは、具体的に手控え本から献上本への過程で加えた変更について、いくつか例を挙げて見てみよう。まず、手控え本（一類本）から本文を挙げる。

冬・雪

杣山《そまやま》や梢《こずゑ》に重《をも》る雪折れに　たへぬ嘆きの身を砕くかな

保延六―七年（一一四〇―四一）に詠んだ、「述懐《しゆつかい》百首」のうちの一首。「述懐」とは、現代でも「じゅっかい」と読んで、胸の内の思いや考えを述べること、という意味で使われるが、古典和歌の用語で使われる場合には、「しゅっかい」または「しっかい」と読み、愚痴・恨み言・不平不満に内容が限定される。特に、思うように出世できず、不遇をかこつ心情を詠む。

保延六年当時、俊成は二十七歳。大治二年（一一二七）に従五位下に叙せられて以来、昇進は止まっていた。身の不遇をテーマに、俊成は百首歌を詠んだ。ただ百首を詠むだけではなく、『堀河百首』▲の百の題を、すべて述懐に引きつけて詠んだのが俊成の工夫だった。

材木を切り出す山で、重く積もる雪に堪《た》えられず折れる木の梢。それと同じように、堪えられない嘆きがこの身を砕くのだなあ。

『堀河百首』　平安時代後期の百首歌。一一〇四―〇六年に成立。堀河天皇主催で十六人の歌人が百首を詠んだ。四季・恋・雑に則した百の題を設けている。後世に百首歌の規範として仰がれた。

木の枝が、積もる雪の重さに堪えきれず折れてしまう。その姿に、世に出られない嘆きに頽《くずお》れてしまう自分の内面を重ねた歌だ。

この歌は、献上本（二類本）では、次の本文になっている。

杣山や梢に重る雪折れに　たへぬ嘆きの身を砕くらむ

第五句の「砕くかな」という感嘆が、「砕くらむ」の推量へと変えられている。「砕くかな」だと、自身をさいなむ苦痛をひしひしと感じている表現になるが、「砕くらむ」――砕くのだろう、だと、苦痛を感じる自分の姿を客観的に捉える表現になる。

生々しい苦しさを感じさせるのは、手控え本の「身を砕くかな」だ。一方、杣山の木の枝が雪に折れてしまう様子と、嘆きで身を砕かれる自分を、等距離で見ているような視線を感じさせる表現へと、変更したのが「身を砕くらむ」なのだ。

もう一首、例を挙げる。秋歌である。

九月尽日《じんじつ》、崇徳院にて山路秋過《やまぢにあきすぐ》といふ心をよませたまふしに
山路《やまぢ》をば送りし月もあるものを　捨てても暮るる秋の暮れかな

（山路を行く私を送ってくれた月もあるのに、見捨てたままでも暮れてゆく秋の暮れなのだなあ。）

まずは手控え本で本文をあげ、訳を付けた。献上本の本文を次に挙げる。

山路をば送りし月もあるものを　捨てても暮るる秋の空かな

見捨てたままでも暮れてゆくものが、「秋の暮れ」から「秋の空」へと変わっている。そもそも、手控え本の「捨てても暮るる秋の暮れかな」だと、「暮る」「暮れ」と同じ詞が繰り返される。一首の中で同じ詞が繰り返されるのは、本来、歌学では同心病《どうしんびょう》と呼ばれる欠陥でありタブーだ。しかしこの歌が詠まれたのは、「九月尽日《じんじつ》」つまり九月最後の日に、崇徳院のもとで開かれた歌会か歌合だった。当時の季節に合わせて、「山路に秋過ぐ」という題が出されたのだ。だからこそ、同語の繰り返しというタブーをあえて犯して、「見捨てたままでも暮れてゆく秋の暮れ」と詠み、秋の暮れ（最後）のその日さえも暮れてゆく、ということを強調しようとしたのだと思われる。

しかし繰り返しは繰り返しである。「秋の暮れ」を「秋の空」へと変えることによって、繰り返しを避けることができる。それだけではなく、山路を旅する主人公と月の背景に空を入れることで、一首に空間的な広がりが生まれている。

「いたう降りたる」と「たかう降りたる」

次に、興味深い例として、和歌本文ではなく、詞書に変更を加えた箇所を取り上げる。

『長秋詠藻』冬部の、贈答歌を収めた部分である。『長秋詠藻』の歌番号でいうと、271と272の贈答歌について検討するが、前後も含めて手控え本から本文を挙げる。以下、混乱を避けるため、家集名は基本的に『長秋詠藻』で統一し、「手控え本」「献上本」と示す。手控え本から本文を引く。

法勝寺の十首の会の、雪

270 煙立つ小野の炭がま雪積みて　富士の高嶺《たかね》の心地こそすれ

師走《しはす》の十余日、雪のいといたうふりたる朝《あした》に、左大将実の新大納言とき
こえし時をくりし

▼271 今朝《けさ》はもし君もやとふとながむれど　まだ跡もなき庭の雪かな

返し

▼272 今ぞきく心は跡もなかりけり　雪かきわけて思ひやれども

同じ日、大宮権大夫経盛卿《おほみやごんのだいぶつねもりきやう》まだかの宮の亮《すけ》といひし時、近きほどに住みけるよりをくれりし

273 雪ふれば憂き身ぞいとど思ひしる　踏み分けてとふ人しなければ

返し

274 ふりはつる憂き身は雪ぞあはれなる　今日《けふ》しも人のとふにつけても

271・272は藤原実定《さねさだ》▲（図14）と、273・274は平経盛《たいらのつねもり》▲と俊成が交わした贈答歌だ。

271・272の歌の意味は、次のようなものである。

今朝はもしかしたらあなたが訪れてくれるかと、じっと見つめていますが、まだ足跡も付かない庭の雪であることです。

今になって聞き知りました。あなたの心には、私の足跡は付いていないのですね。私は雪をかき分けてあなたのことを思っていたのですけれど。

訪ねてくれるかと期待していたのにあなたは来なかった、と詠む俊成に対して、

藤原実定　一一三九—九二年。後徳《ごとく》大寺《だいじ》左《さ》大臣《だいじん》と称される。

平経盛　一一二四—八五年。平清盛の異母弟。源平合戦の末、一門とともに都落ちし、壇ノ浦の戦いで敗れ、入水《じゅすい》した。管弦や和歌を愛した風流人であり、歌人として活躍した。『千載和歌集』には「よみ人知らず」として一首入集している。

心の中ではあなたを訪れていたのにそれを気づかなかったのはあなたのほうだと返す実定の歌である。

さて問題になるのは、271番歌の詞書にある「雪のいといたう」の部分である。この「いたう」は、手控え本（一類本）では共通して「いたう」であるが、献上本（二類本）では「高う」となっている。

俊成はなぜこの箇所を「いたう」から「高う」に改めたのだろうか。十二月半《なか》ば、雪が降った朝に実定に贈った歌、という状況説明で、雪が降り積もっている様子を表す点では、どちらでも違いはないように思われる。

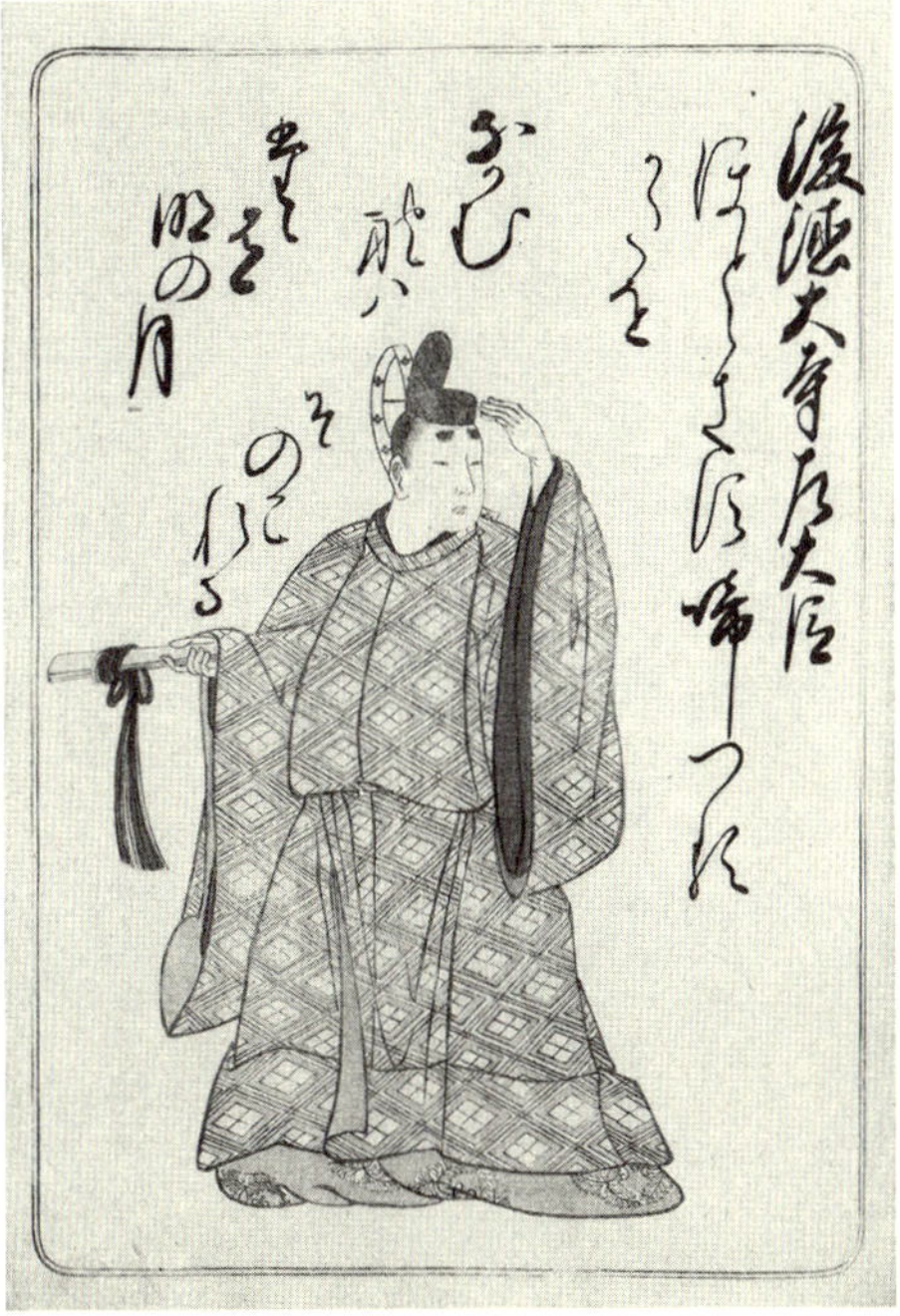

図14　『錦百人一首あづま織』の実定図。実定は『百人一首』に「ほととぎす啼《なき》つるかたをながむれば　ただ有明の月ぞのこれる」が選ばれている。

注目されるのが、271～274が友人と交わした贈答歌であり、雪の中で相手を思い合うという内容である点だ。ここで思い起こされるのが、『伊勢物語』八三段である。この章段は、在原業平《ありわらのなりひら》と、彼が親しく仕えていた惟喬親王《これたかしんのう》との交流を書いたものである。三月の晦日《みそか》、帰ろうとする業平を、惟喬親王が引き留める。惟喬親王と業平は、春の短夜《みじかよ》を語り合って明かした。しかしその後、惟喬親王は出家し、小野《おの》（現在の京都市左京区八瀬《やせ》）に籠《こ》もってしまう。八三段の続きの本文を挙げる。

［……］かくしつつまうで仕うまつりけるを、思ひのほかに、御ぐしおろしたまうてけり。正月におがみたてまつらむとて、小野にまうでたるに、比叡の山のふもとなれば、雪いと高し。しひて御室にまうでておがみたてまつるに、つれづれといともの悲しくておはしましければ、やや久しくさぶらひて、いにしへのことなど思ひいで聞《きこ》えけり。さてもさぶらひてしがなと思へど、おほやけごとどもありければ、えさぶらはで、夕暮にかへるとて、

忘れては夢かとぞおもふおもひきや　雪踏みわけて君を見むとは

とてなむ泣く泣く来にける。

（『伊勢物語』八三段）

一月に、業平は小野の惟喬親王を訪ねる。一月は暦の上では春といっても、まだ寒く、比叡山の西麓にある小野は、雪が深く積もっている。しかし、それでも業平は、親王のもとに参上した。出家した親王は、することもなくただ漫然と、悲しく日々を過ごしている。そのような親王を、業平は長居して昔話で慰めたのだ。親しく過ごしてきた親王のもと、そのままお側で仕えたいと思っても、業平

にも公務がある。後ろ髪を引かれる思いで、夕暮れに帰る際に詠んだのが、「忘れては……」の歌だった。

ふと現実を忘れては、夢を見ているのではないかという気がいたします。一度だって想像したことがあったでしょうか。このようなところで、深い雪を踏み分けて我が君にお会いしようとは……。

という意味の一首である。かつては宮廷で暮らしていた親王が、今は出家し、内裏から離れた寂しい小野に住んでいる。雪を踏み分けて会うことになろうとはと、嘆きながら涙にくれて、業平は都へと帰って行った。

この八三段を、俊成は、『長秋詠藻』270〜274までの五首の背景に意識していたのではないか、と考えられるのだ。270は贈答歌ではないが、「煙立つ小野の炭がま雪積みて」と、八三段の舞台となる小野の地名が用いられており、また雪が積もる様子が詠まれる。そして二組の贈答歌が続く。272の実定からの返歌は第四句に「雪かきわけて」、273の経盛からの贈歌には第四句に「踏みわけてとふ」とある。これらは、業平歌の第四句「雪踏みわけて」を踏まえた表現だろう。

つまり、この二組の贈答歌は、『伊勢物語』八三段の惟喬親王と業平をモデルとして敷き、雪の積もる中で友人同士が互いを思い合うという、「雪中の友情」とでも呼ぶべき主題のものなのだ。だから、小野の雪を詠んだ270から、『伊勢物語』への連想で271につなげるためには、271の詞書は『伊勢物語』の記述に合わせた「雪のいと高う」の方がよいという判断により改められたと推測される。

なお、この贈答歌は実定の家集『林下集《りんげしゅう》』と『新古今和歌集』冬にも収められている。それぞれ、詞書は次のように付けられている。

雪ふりし朝《あした》に、三位としなりの卿のもとより申しおくりたりし　（『林下集』）

雪の朝《あした》、後徳大寺左大臣の許《もと》につかはしける　（『新古今和歌集』）

どちらにも、「雪のいと高う」という形容は見られない。実定も、『新古今和歌集』の撰者も、この贈答歌の背景には、〈雪が降っていた朝であった〉という情報があれば充分だと考えたのである。しかし、『長秋詠藻』で「雪のいといたう」から「雪のいと高う」へと変更が加えられているのは、ここが俊成自身にとって大きな意味を持つ、強く意識して記した箇所であったことを示している。この贈答歌群を読む人に、『伊勢物語』八三段を思い起こさせ、雪の中で互いを思いやる友情を主題として底流させるという、表現意図があったためであると考えられるのだ。

ちなみに実定の母は俊成の姉妹で、俊成と実定は叔父と甥の関係にある。詞書によると、この贈答歌が交わされたのは実定が「新大納言」と呼ばれた時。つまり、実定が大納言に任じられてすぐの時期だった。実定が中納言から権大納言に昇進したのは、長寛二年(一一六四)閏十月二十三日のこと。その約一ヶ月半後に交わされた贈答歌ということになる。当時、実定は二十六歳、俊成は五十一歳だった。従二位権大納言の実定に比べると、叔父とはいえ俊成は正四位下左京大夫《さきょうのだいぶ》。年齢にも官職にも差があるとはいえ、二人は親しかった。

二人の友情を和歌に詠む際に、惟喬親王と業平の関係を透かして見せる。詞書は和歌の詠作事情を説明するものであるが、ここでは、和歌が表現する意図をより的確に伝えるための、補助的な役割を担ってもいるのだ。

三▼俊成家集

二度目の自撰家集『俊成家集』

『長秋詠藻』を治承二年（一一七八）三月に完成させ、守覚法親王に献上してから約十年後、俊成は新たな家集を編纂しはじめる。題も付けられておらず、もともと何と名づけられていたのかも分からない。俊成の家集、ということで、仮に『俊成家集《しゆんぜいかしゆう》』と呼ばれている。

ただしこの二つ目の家集は、全く新しいものではない。

『長秋詠藻』の和歌を選び出し、並べ換える。

↓

寿永頃（一一八二―八四）に新作を付け加える。

↓

さらに長歌と文治年間（一一八五―九〇）の詠歌を加える。

ここまでが、『俊成家集』の基幹部分で、上下に分かれた『俊成家集』の上帖《じょうじょう》にあたる。その後も詠歌が段階的に付加されて、『俊成家集』が出来上がった。収められている和歌で、最も新しい和歌は、建久九年（一一九八）の和歌である。寿永頃から十年以上にわたり、和歌を付け加えつづけて作られたのだ。

現在三十七本の写本が確認でき、江戸時代には版本が出版された『長秋詠藻』に比べ、『俊成家集』の写本は九本が知られるのみで版本もなく、広くは読まれなかった家集だった。清書して守覚法親王に献上された『長秋詠藻』と違い、『俊成家集』は未完成で残されたと思われる部分もある。そもそも『俊成家集』という通称も、彰考館《しょうこうかん》文庫蔵本の題簽《だいせん》（本の題名を記して表紙に貼り付ける縦長の紙の札）に「俊成家集」と書かれているので、それによって仮に付けられたものである。伝本のほとんどは、どこにも題が記されていないため、元来の名称は不明だ。

しかし『俊成家集』も、子孫の手によって忠実に、丁寧に書写された本が残っている。まず、天理大学附属天理図書館に所蔵されている、鎌倉時代に書写された本がある。この本は、冷泉為秀《ためひで》が俊成の自筆本を書写したものと考えられている。為秀は、俊成の四代後の子孫で、約二百年後に生きた人物だ。俊成が入れた訂正記号なども忠実に書き写しており、確かに自筆本を書写したものと考えてよ

三十七本の写本　松野陽一『藤原俊成の研究』、小山「第一類本『長秋詠草』考」（『山邊道』五二号、二〇〇九年）。

『俊成家集』の写本は九本　吉田薫「『俊成家集』の伝本についての考察」（『大阪信愛女学院短期大学紀要』三六号、二〇〇二年）

彰考館文庫　彰考館は、水戸藩が『大日本史』を編纂するために置いた修史局。それを引き継ぎ、茨城県水戸市にある徳川ミュージアム内に作られた文庫。

冷泉為秀《ためすけ》　？—一三七二年。冷泉家の祖・為相の子。

い。ただし、この本は前半部分、上帖のみの本である。
下帖《げじょう》については、やはり冷泉家時雨亭文庫に、冷泉為満・為頼父子が書写した本が伝わっている。時雨亭文庫本の奥書を挙げる。

這一冊五条三位俊成卿以二自筆本一不レ違二一字一亡父卿予交レ筆令三書二写之一了。
尤可レ為二証本一已而
　元和七年小春中旬

（這《こ》の一冊は五条三位〈俊成卿〉自筆本を以て、一字として違へず亡父卿と予が筆を交じへ之を書写せしめ了《お》はんぬ。尤《もっと》も証本と為すべきのみ。／
元和七年小春中旬）

前章で挙げた『長秋詠藻』の時雨亭文庫本と同様に、『俊成家集』も「一字として違へず」に為満・為頼が二人で書写した本であったと記されている。しかもこの時雨亭文庫本も、俊成自筆本を書写したものだったという。

なお、天理図書館本も時雨亭文庫本も、枡形本《ますがたぼん》（正方形に近い形の本）で和歌一首三行書きである（図15・16）。ちなみに時雨亭文庫本『長秋詠藻』も、同じく枡形本で和歌一首三行書き。これらの本が、本の形や行配りまで、俊成自筆本の体裁を踏襲していることが分かる。

『長秋詠藻』よりはるかに伝本は少ないが、『俊成家集』もまた、子孫の手によって忠実に書写された、俊成自筆本に近い本が伝わる、幸いな歌集なのである。

『長秋詠藻』から『俊成家集』へ

俊成は『長秋詠藻』に収めた和歌の大半を『俊成家集』に吸収している。手控

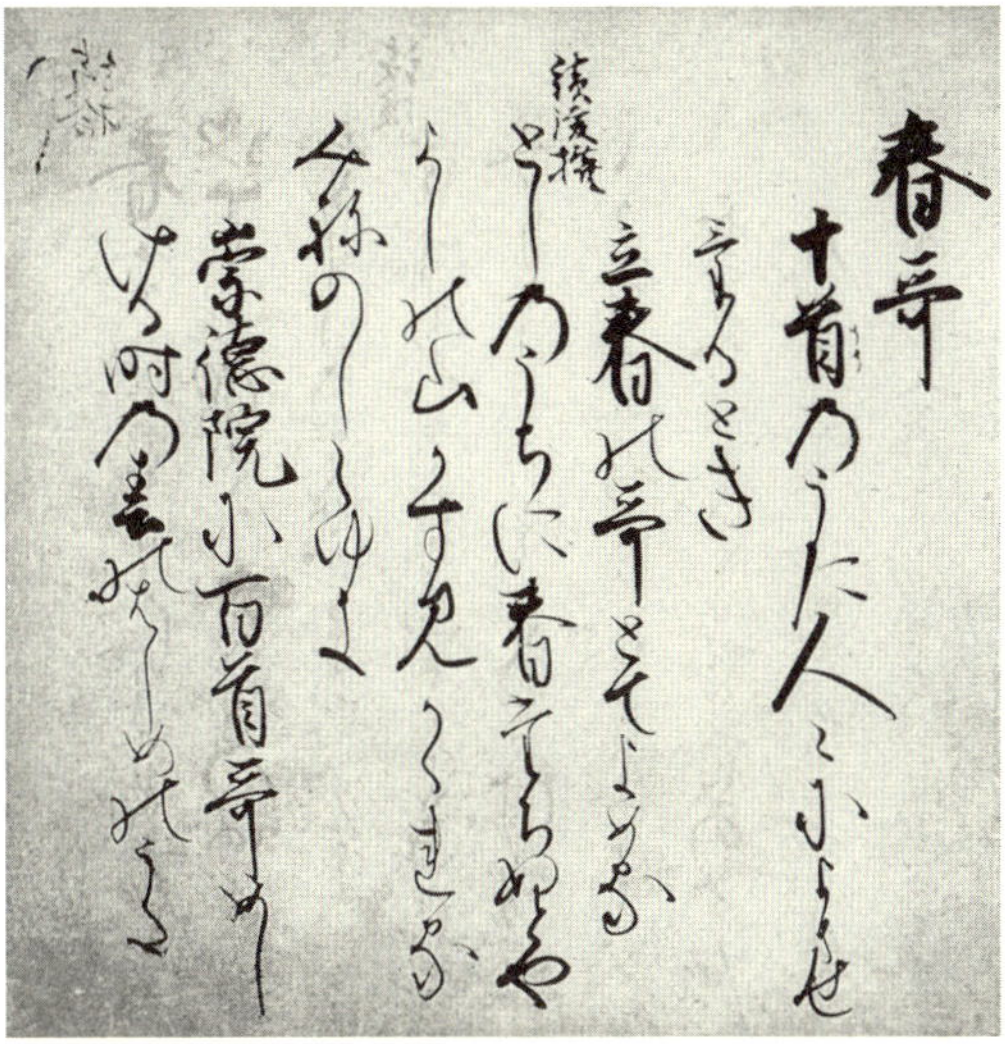

図15　天理大学附属天理図書館蔵『俊成家集』上帖

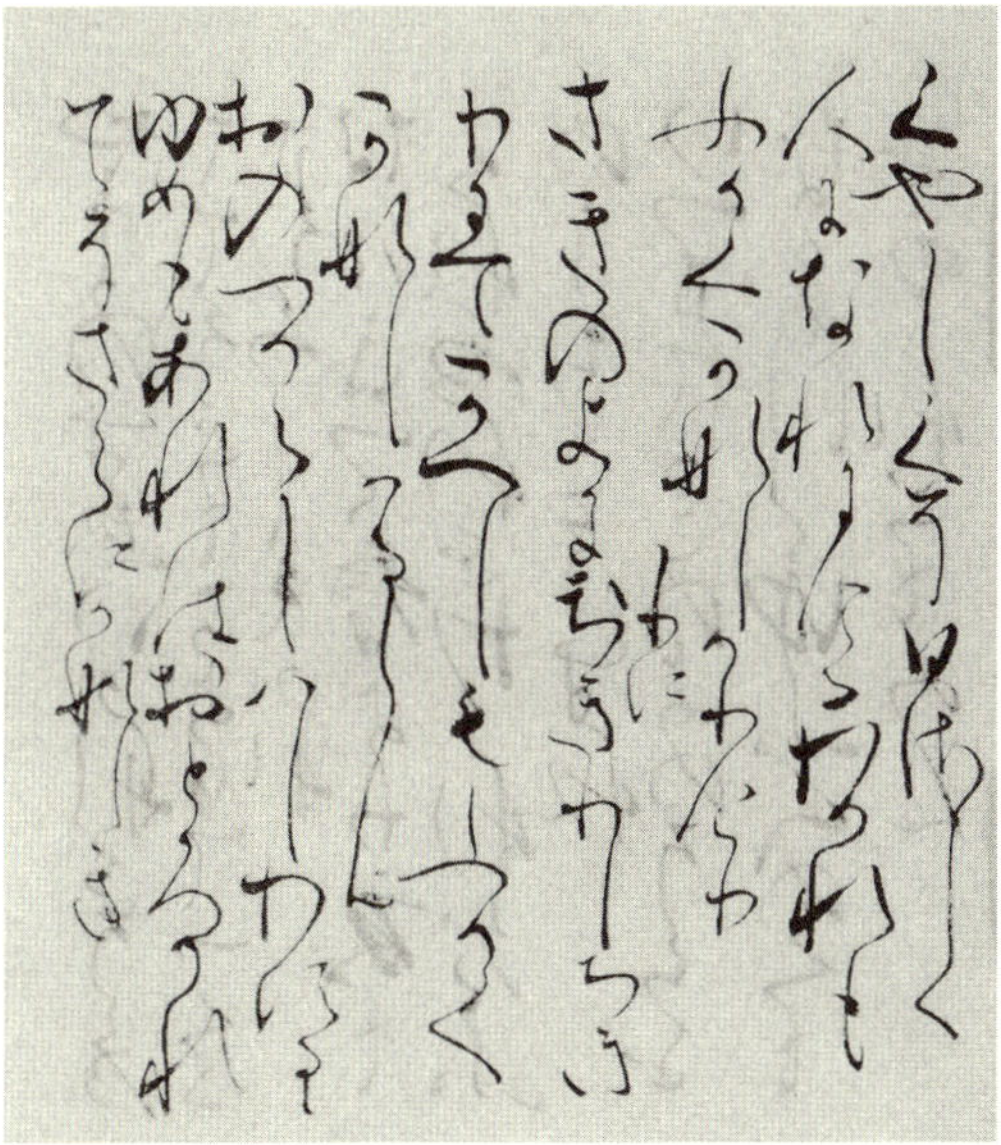

図16　冷泉家時雨亭文庫蔵『俊成家集』下帖
いずれも枡形本で、和歌１首を３行書きにし、１面９行である。なお『長秋詠藻』も同様の書型・書き方（43頁図10冷泉家時雨亭文庫蔵『長秋詠藻』参照）。

え本から献上本を作る際に、俊成が自分の和歌に手を入れていることを、前章で述べた。では『俊成家集』を編纂する際には、どうだろうか。

無論、俊成は手を加えている。ただしここではまず、これまで変更を加えつづけてきた和歌を、どのように『俊成家集』に収めているかを見てみよう。

たとえば、第一章で挙げた、「久安百首」で推敲を加えていた歌について見てみよう。


人をのみなどか恨みむ憂きを猶　恋ふる心もつれなかりけり

部類本ではこの歌の第二句が「なに恨みけむ」となっている。意志・推量の助動詞「む」から過去推量の「けむ」への変更、そして疑問・反語の係助詞「か」を削った、というのが違いである、と述べた。

この第二句に、俊成は『長秋詠藻』編纂時にも変更を重ねている。手控え本では「なにか恨みむ」としたが、献上本では「なに恨みけむ」と部類本の本文に戻している。

歌人別本から部類本への段階で「なに恨みけむ」へと変更したことによって、自分がつれない恋人を恨んだことが確かにあったのだ、過去の自分の心情に対して、「何を恨んでいたのだろう」と自省を加える、という点で、表現意図がはっきりする推敲である、と先に述べた。それを手控え本の『長秋詠草』では、「などか」「なにか」の違いがあるとはいえ、「なにか恨みむ」と、再び意志・推量の「む」と疑問・反語の「か」を使った形に戻している。これは、『古今和歌集』春下に、

題知らず　　　　　　　　　　よみ人知らず

散る花をなにか恨みむ世の中に　我が身もともにあらむ物かは

（散る花をどうして恨むことがあるだろう。この世の中には、我が身も花とともに生き永らえることなどありはしないのだから。）

という歌があるので、伝統的な表現に合わせようとして戻したのかもしれない。

しかし献上本『長秋詠藻』では、またもや部類本「久安百首」の「なに恨みけむ」に戻している。この箇所について、俊成がどちらにしようか迷っていたことをうかがわせる。

では『俊成家集』ではどうなっているだろうか。『俊成家集』では、「なに恨みけむ」。つまり部類本「久安百首」と献上本『長秋詠藻』の形を採用したのであ

る。まとめると、次のようになる。

（歌人別本「久安百首」）人をのみなどか恨みむ
←（部類本「久安百首」）人をのみなに恨みけむ
←（手控え本『長秋詠草』）人をのみなにか恨みむ
←（献上本『長秋詠藻』）人をのみなに恨みけむ
←（『俊成家集』）人をのみなに恨みけむ

「久安百首」詠進時、部類時、手控え本『長秋詠草』、献上本『長秋詠藻』、その折々に本文に手を入れてきた。そして『俊成家集』では、献上本の本文を採用している。それは、献上本の本文を決定稿として『俊成家集』で用いているということである。また、このように繰り返し手を入れつづけた箇所は、表現の上で重要な鍵となる箇所であったとも言うことができる。

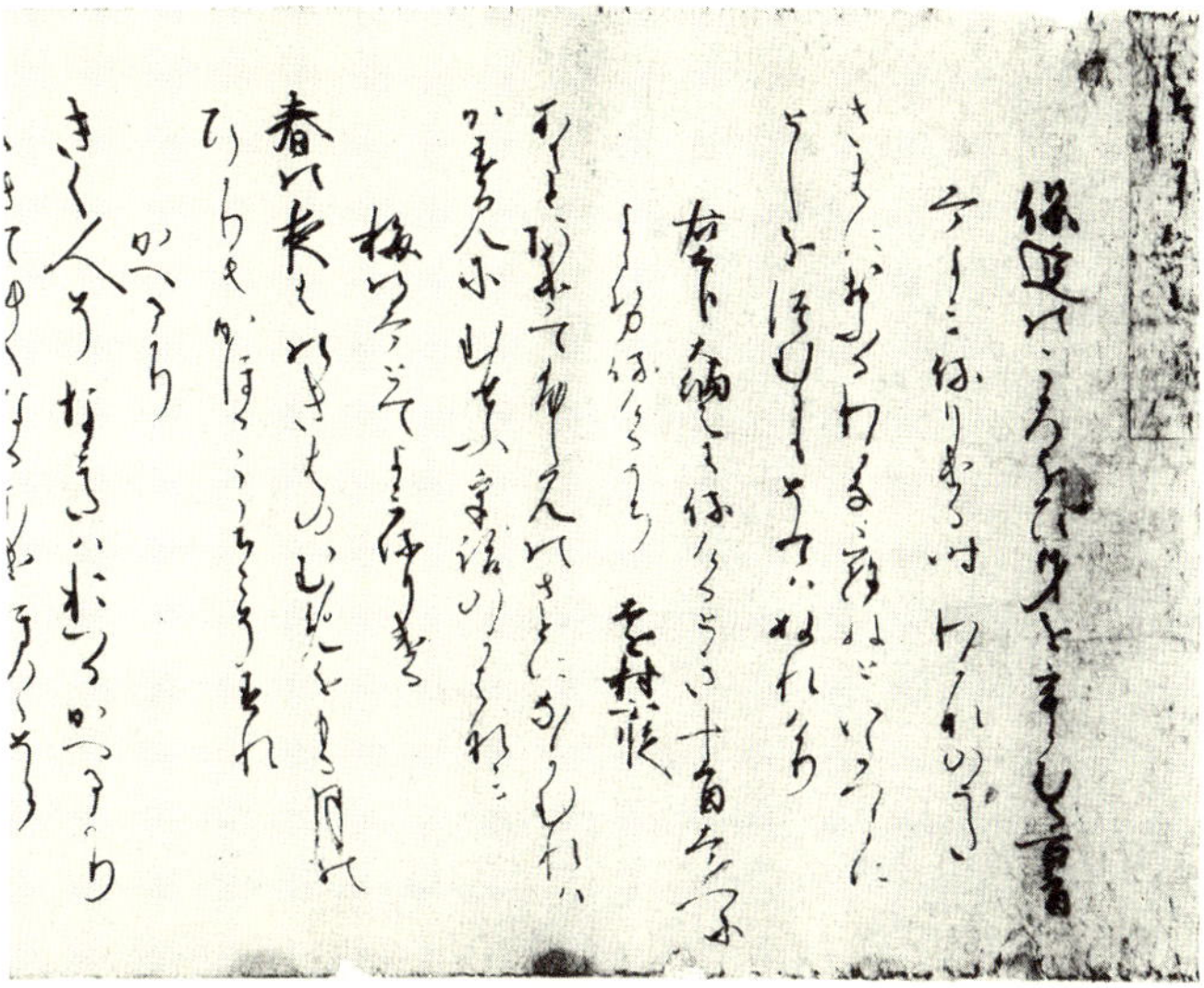

図17　冷泉家時雨亭文庫蔵『保延のころほひ』
冷泉家時雨亭文庫以外には、天理大学附属天理図書館に１本が残るのが知られるのみ。この家集も元来の名前は不明で、『保延のころほひ』という家集名は、冒頭歌の詞書が「保延のころをひ、身をうらむる百首歌よみ侍りける時……」とあることから、仮に名づけられたもの。

また、『長秋詠藻』の手控え本から献上本への過程で変更を加えていた、冬部の実定との贈答歌についても触れておこう。『俊成家集』に収められた際の詞書は、以下のとおりである。

師走《しはす》の十日あまり、雪のいと高うふりたる朝《あした》に、左大将実定のもとにおくりける

献上本と同じ「高う」が用いられている。ちなみに三度目の自撰家集『保延のころほひ』(図17)にも、この実定との贈答歌は収められている。その詞書も、

師走の十余日、雪のいと高くふりたる朝《あした》に、右大臣の大納言に侍りし時、つかはしける

である。つまり俊成は、手控え本から献上本への

推敲を、『俊成家集』『保延のころほひ』でも踏襲している。俊成の決定稿は「雪のいと高う」だったのだ。

単純に考えれば、『俊成家集』を編纂する際、守覚法親王に献上した『長秋詠藻』は手元に残っていないのだから、俊成が資料としたのは、手控え本（一類本）であったと考えるのが自然である。手控え本と献上本の間に本文異同がある注記・詞書を『俊成家集』本文と照らしてみると、確かに『俊成家集』は手控え本と一致する。より詳しい情報を持つ手控え本に注記・詞書が一致することから見ても、俊成が『俊成家集』の編纂資料として用いたのは、手控え本（一類本）の本文であったと考えてよい。

だとすれば『俊成家集』の本文は手控え本と一致するはずだ。しかし、ここに挙げた二例の他にも、手控え本と献上本との間に本文異同がある箇所で、献上本が『俊成家集』と一致する場合がしばしば見いだせる。これは、基本的には手控え本を資料として用いながらも、献上本を作成する際に加えた推敲を念頭に置き、反映して『俊成家集』を編纂したことをうかがわせる。また、『長秋詠藻』手控え本から献上本を作成する過程で加えた推敲が、『俊成家集』でも継承されているということは、献上本の本文を決定稿と俊成が位置づけており、『俊成家集』では決定稿を用いているということでもある。

俊成は生涯、三度、自撰家集を編纂している。一度目が『長秋詠藻』、二度目が『俊成家集』、三度目が『保延のころほひ』である。ただし『保延のころほひ』は、全三十五首の小さな集で、『俊成家集』の抜粋であると言ってよい。そのため、俊成が本格的に編纂した自撰家集は『俊成家集』が最後で、ほとんどの和歌については、『俊成家集』に残された形が、俊成の最終稿ということになる。

俊成の恋の歌

先に述べたように、『俊成家集』は『長秋詠藻』から自身の歌を精選し、並べ換え、新作を加えたものだ。

『長秋詠藻』は、冒頭に二種類の百首歌（「述懐百首」と「久安百首」）を百首まとめて収め、他の歌を四季・恋・雑の部に分けて並べた構成である。しかし『俊成家集』では、すべての和歌が四季・恋・雑、それぞれの題材にそって並べられている。「述懐百首」「久安百首」と、『長秋詠藻』が成立した後に詠んだ「右大臣家百首」の三種類の百首歌も、題材によって適する場所に分散して置かれている。

俊成は歌集・家集を編纂する折々に、和歌や詞書の本文に変更を加えるだけではない。和歌の並べ方（配列）についても意を用いている。和歌の配列は、その和歌の主題や見どころが最も活きるように考えられる。もしくは、その和歌をどのように読んでほしいのか、編者が道筋をつけるものでもある。前後の歌とのつながりから浮かび上がってくる関係性やストーリーは、和歌の読み方を大きく左右するものなのだ。

『長秋詠藻』中の恋部には、歌合や歌会で詠まれた歌だけではなく、俊成と女性との恋歌のやり取りが収められている。『長秋詠藻』から『俊成家集』への変更の中から、俊成と女性との恋愛をめぐる部分を取り上げよう。

『長秋詠藻』319〜330の部分を手控え本（一類本）によって挙げる。なお、この箇所には手控え本と献上本の間に大きな異同はない。

秋ごろ嵯峨《さが》の山のかたに遊びけるに、行き具《ぐ》して、ほの見《み》ける女のもとにしばしば文つかはしけれど、返事もせざりければ、つかはしける

319 うかりける秋の山路を踏みそめて　後の世までもまどふべきかな

つれなくのみ見えける女につかはしける

▼320 よしさらば後の世とだに頼《たの》め置け　つらさにたへぬ身ともこそなれ

返し

▼321 頼め置かむたださばかりを契りにて　憂き世の中の夢になしてよ

逢ひがたくて逢ひたりける女に

あやしきまでは　献上本（二類本）では「あやしきまでに」となっている。

322 つらさにも落ちし涙の今はただ　おしひたすらに恋ひしかるらむ

いかなりける朝《あした》にか、人につかはしける

323 いかにせむいかにかせましいかに寝て　起きつる今朝の名残《なごり》なるらむ

返し

324 いかに見しいかなる夢の名残ぞと　あやしきまでは▲我ぞながむる

又、女につかはしける

325 恋ひしとも言はばをろかになりぬべし　心を見する言《こと》の葉もがな

返し

326 恋してふ偽《いつは》りいかにつらからむ　心を見する言の葉ならば

恨むることありて、しばし言はざりける女に、又、文つかはすとて

327 恨みても恋ひしきかたやまさるらむ　つらさは弱るものにぞありける

春ごろ、忍ぶることある女のもとにつかはしける

▽328 思ひあまりそなたの空をながむれば　霞《かすみ》を分けて春雨ぞ降る

又、雨の降りける日、人につかはしける

329 思ひやれ降らぬ空だにあるものを　今日のながめの袖のけしきを

返し

330 嘆きつつ日をふる宿は春雨も　袖よりほかのものとやは見る

この▼と▽を付けた歌は、どちらも後に『新古今和歌集』に採られている。この三首の歌が、どのような意図でもってその位置におかれているのかを中心に、恋部の贈答歌の配列について考えてみたい。

320の直前、319番歌から、俊成が実生活で女性と交わした恋歌が始まること、同じ「後の世」という詞が319・320ともに用いられていること、319番歌の詞書が、単に女性から返事がないことを恨んで詠んだ一首だけに付されたものにしては詳細であることから、319の詞書はその後に続く一連の恋歌にも係《かか》ってゆくものだと考えられる。少なくとも、俊成はそのような意図で和歌を並べたものと思われる。

319から、どのように恋が進んでいったのかを読んでいこう。

秋に、京の西部・嵯峨へと遊びに行った際、ほんの少し見かけた女性に恋をした俊成は、何度も手紙を送った。しかし返事がなかったため、次のような歌を詠んだ。

つらい秋の山路を踏みはじめて、あなたに手紙を送りはじめて、私は死んだ後、来世でも迷ってしまうことでしょう。

しかし手紙を送っても返事はない。ただただ無情に思える女性だったが、俊成は歌を送り続けた。

ええい、仕方がない。それではせめて、来世で逢おうとだけでも約束してください。あなたからの返事がない苦しさに耐えられずに、私は死んでしまうかもしれないから。

女からの返歌には、次のようにあった。

お約束いたしましょう。ただその約束だけを二人の関わりとして、これまでのことは、このつらいことの多い世の中の夢ということにしてください。

思いつめ、切迫した恋心を訴えて、ようやく届いた返歌。はじめに「頼め置かむ」とあるから、俊成の願いが聞き届けられたかのように思う。しかしそれに続くのは、〝今までのことはすべて無かったことにしてくれ〟というにべもない拒絶の言葉である。しかし、返歌は確かに届いた。その返歌から、二人の関係は始まったのである。

続く歌では「逢ひがたくて逢ひたりける女に」とある。困難を乗り越え、二人が結ばれた時の歌である。

つらさのために落ちた涙に今はただたっぷりと濡れています。あなたに逢えた今は、ただもうひたすらにあなたが恋しいのでしょう。

その後、何があった朝だったか、人に送った歌。「いかなりける朝にか」と曖《あい》昧《まい》にぼかした書き方になっているが、恋人と逢いともに夜を過ごした翌朝、ということである。

どうしようか、どうしたらいいのだろうか、どうやって寝て起きた今朝の名残なのだろうか。

女からの返歌。

どのように見たどんな夢の名残なのかと、不思議に思うほどに私はぼんやりと過ごしています。

互いに、恋人と過ごした幸福の中で、現実と夢のあわいを漂うような心境を詠んでいる。

また、女に送った歌。

「あなたが恋しい」と言ったならば、意を尽くせず粗略になってしまうでしょう。私の心をあなたに見せる言葉がほしいものです。

女からの返歌。

恋しいとおっしゃる言葉が偽りなのは、私にとってどんなにつらいことでしょう。それがあなたのおっしゃるように、心を見せるという言葉であるのならば。

恨むことがあって、しばらくの間連絡を取らなかった女に、再度、手紙を送った。

恨んでも恋しいという気持ちの方がまさっているのだろうか。つらさというものは、弱るものであったのだ。

春ごろに、人目を忍ぶことのある女のもとに送った歌。

あなたへの思いに耐えかねてあなたのいる方角の空をながめていると、春霞を分けて春雨が降ってきました。

恋しい人のいる方角を見ても、空は霞で朦朧として、視界を、恋人との間を遮《さえぎ》るかのようである。そんな時に、春雨が降ってきた。柔らかで煙るような春雨が「霞を分けて」降ってきたと、俊成は詠んだ。はっきり見えない空から、視界を遮る霞を通り抜けて、春雨が降ってくる。春の暖かく、しっとりとした気候に、恋心の切なさが溶け込んだような恋歌である。

また、雨が降った日に、女性に送った歌。

想像してください。雨の降らない空だってあるものなのに、今日ぼんやりとながめていると、まるで長雨が降っているかのように濡れた私の袖の様子を。

女からの返歌。

嘆きながら毎日を過ごしている私の宿では、春雨も、袖と無関係なものだと思って見るでしょうか。いいえ、袖に置く涙と同じものなのです。

『長秋詠藻』恋部の贈答歌群は、相手を見初《みそ》め、求愛し、拒まれながらも、想いが叶《かな》って結ばれ、その後、互いの心を見定めようとし、恋に苦しんで涙を流す、という恋愛の進行状況に従って、和歌が並べられている。勅撰和歌集の恋部は、恋一から恋五まで、相手を思いはじめる片恋から始まり、二人が結ばれ、次第に疎遠になり、相手に対する未練や恨みを抱え、別れに至る、という順序で和歌が配列されるのが約束である。『長秋詠藻』恋部の贈答歌群の配列は、これと同じ意識に基づいている。俊成は『長秋詠藻』恋部の中で、自身の恋愛から生まれた和歌を、和歌のスタンダードな配列方法に則して並べたのだ。

　ここには、「女」「人」と記されるのみで、どのような女性であったのか、誰であったのか、などは一切分からない。ただし、このなかで▼を付けた贈答歌は、『新古今和歌集』恋三に採られていて、「頼め置かむ……」の歌の作者は、「藤原定家朝臣母」となっている（図18）。つまり、秋の頃に嵯峨で出逢い、俊成が求愛を続けたのは、後に定家の母となる美福門院加賀であると判明する。

　しかし、加賀と交わした歌は、どこからどこまでなのだろうか。『新古今和歌集』恋二に採られた「思ひあまり……」は、加賀に対する恋歌か否か▲。はっきりと示さない詞書からは、事情が見えてこないもどかしさがある。

「思ひあまり……」は……　この恋歌の相手について触れている研究書は、管見の限り日本古典文学大系『平安鎌倉私家集』（岩波書店、一九六四年）所収「長秋詠藻」（久松潜一校注）のみである。同書は、324「いかに見し……」までの相手は加賀であると頭注に示している。325「恋ひしとも……」から327「恨みても……」までを一連としているが、この相手を加賀と解釈しているかははっきりしない。ただし328「思ひあまり……」の相手については、「前の一連の歌の女性とは別人であろう」と述べている。

『俊成家集』の配列

さて、これらの恋歌は『俊成家集』にも収められている。『俊成家集』でも、歌会や歌合の歌を並べ、その次に女性と交わした贈答歌をまとめて収めている。とはいえ、歌の順序を変え、詞書にも手を加えているのである。『俊成家集』の本文を挙げる。歌会・歌合での詠の後、女性との贈答歌は、次の三首から始まる。

　春ごろ、忍ぶることある女のもとにつかはしける
▽思ひあまりそなたの空をながむれば　霞を分けて春雨ぞ降る
　同じころ、雨の降りける日、人につかはしける
思ひやれ降らぬ空だにあるものを　今日《けふ》のながめの袖のけしきを

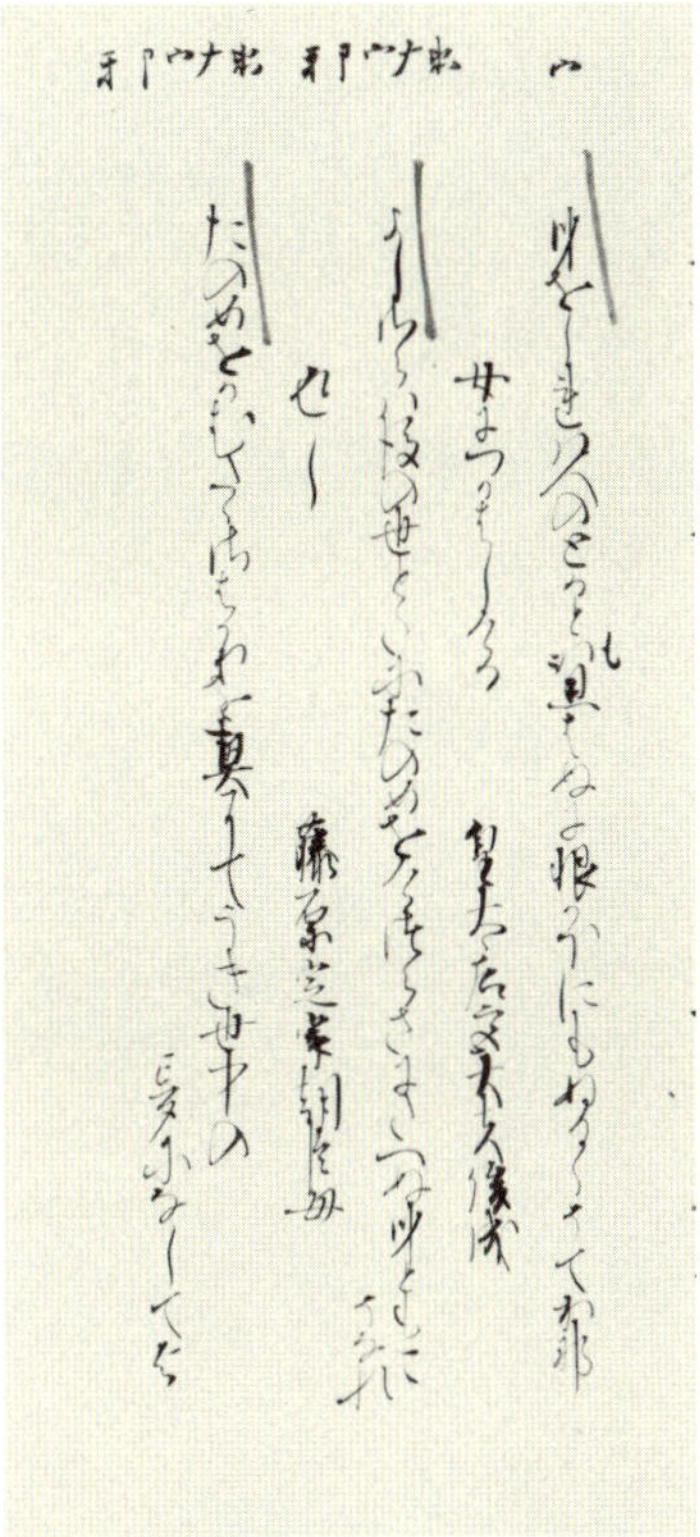

図18　国文学研究資料館懐風弄月文庫蔵『新古今和歌集』。末尾2首が、俊成と加賀の贈答歌。和歌の上に書かれた記号が撰者名注記。2首とも、5名全員の撰者名注記が付けられている。

返し

嘆きつつ日をふる宿は春雨も　袖よりほかのものとやは見る

『長秋詠藻』では、恋の進行状況に従って、片思いの歌から並べられていた。しかし『俊成家集』では、「忍ぶることある女」つまり、すでに人目を忍ぶ関係にある女性に対して、恋しさを抑えきれない▽の歌がまず置かれているのだ。

また、『長秋詠藻』ではこの三首（328〜330）の前に置かれていた327「恨みても……」の歌が、『俊成家集』では三首の後に、次のような詞書で収められている。

恨みながら恋ふといふ心を詠みける

恨みても恨めしきかたやまさるらん　つらさは弱るものにぞありける

『長秋詠藻』327詞書には「恨むることありて、しばし言はざりける女に、又、文つかはすとて」（恨むことがあって、しばらく連絡を送っていなかった女性に、再度の手紙を送った）と、女性との恋愛から生まれた歌であるとしているのに、『俊成家集』では、「「恨みながら恋ふ」といふ心を詠みける」と、題詠▲として収めているのである。つまり、「恨みながら恋ふ」という題にしたがって詠んだ、フィク

題詠　あらかじめ設定され、与えられた題にしたがって和歌を詠むこと。また、その作品。

ショナルな虚構の和歌として扱われている。『長秋詠藻』では贈答歌としていたのに、『俊成家集』では題詠として収めているのはなぜだろうか。
なおその後、二首の歌が収められている。俊成が女性に送った歌で、『長秋詠藻』ではそれぞれ350・349番に置かれている。

四月ついたちごろ、雨の降りける夜、忍びて人に物言ひてのち、便《びん》なくてすぎければ、五月雨《さみだれ》のころつかはしける
袖濡れしその夜の雨の名残より　やがて晴れせぬ五月雨の空
男、いかにぞなりにける女のもとに、つかはしける
なぐさめてしばし待ち見よ先《さき》の世に　結びおきける契りもぞある

さて、先ほどの「恨みても……」の歌がなければ、もしくは『長秋詠藻』と同じ詞書で収められていたら、「思ひあまり……」から「なぐさめて……」までの六首はどのように読めるだろうか。「思ひあまり……」の歌は、春雨を詠み、また詞書に「春ごろ」と季節が示されている。「袖濡れし……」の歌も雨を詠み、詞書には「四月ついたち」「五月雨のころ」と時期が示されている。春から夏へ、そして同じ雨という素材で、一見、時系列に従って並んでいるかのように思えて

しまう。

それを避けるために、間に「恨みても……」の和歌を挟んだのではないだろうか。しかも、贈答歌が連続する中に題詠が入ると、明らかに断絶が生まれる。一続きの和歌として読ませないための配慮だった、と考えられる。

この次に、秋に嵯峨で出逢った女性、つまり加賀とのやり取りが収められている。「いかにぞなりにける女のもとに……」と、すでに関係が破綻をきたした女性に送った歌が置かれ、「ほの見ける女のもとに文つかはしけるを」という、女性を見初めた歌が続くと、この二首が別の相手に対するものであると、はっきりと読み取れる。

先に、『長秋詠藻』は勅撰和歌集のスタンダードにならい、恋愛の進行状況に則した配列方法になっていると述べた。その配列方法に従って読むと、恋愛の進行状況、諸相にしたがって、和歌を読み解いてゆくことになる。しかしそのために、その贈答歌が誰との、どの恋愛から生み出されたものであったのかは曖昧になってしまう。相手が誰なのかは考慮されず、「女性と交わした恋歌」として一括した扱いになってしまったのではないだろうか。

『俊成家集』の配列は、一見、数首ごとに細切れになっている印象を受ける。『長秋詠藻』が、片恋から、逢瀬《おうせ》を持つことが叶い、二人の仲が疎遠になってゆくという、整然とした配列になっているのと比べると、整っていないようにも見える。しかし、それぞれの恋愛ごとに贈答歌をまとめて、一つの恋が始まり、深まり、終わりを迎える（場合もある）、そうした恋のドラマを、一つずつのまとまりで見せようとしているのではないだろうか。家集というものも、編者の演出に彩られた「作品」である以上、そこに書かれたことが事実であるかどうかは、結局のところは分からない。しかし少なくとも、これらの贈答歌がそれぞれにドラマを持つものだと、読者に読ませようという意図が、俊成にはあったのだとは言えるだろう。

　実は俊成は、加賀との贈答歌の中で、『俊成家集』の詞書に手を加えている。「ほの見ける女のもとにしばしば文つかはしけれど」が「ほの見ける女のもとに文つかはしけるを」に、「つれなくのみ見えける女に」が「つれなくて返事せざりける女に」に、という違いがある。一番注目されるのは、加賀からの歌（『長秋詠藻』321）に付けられた詞書が、「返し」から「といひたりければ、はじめて返し」となっていることである。つまり、この歌が、俊成の求愛に対する初めての加賀の反応であり、加賀から送られた初めての歌であったということが、はっきりと示されているのだ。また、「いかなりける朝《あした》にか」は「人のもとにまかりて、いかなりける朝《あした》にか」と、女性のもとを訪れたという説明が加わっている。

朧《おぼろ》にぼかして、恋愛の具体的な情報を示さないのが家集の常識である。しかし『俊成家集』では、女性との贈答歌を、個人的な体験として、そして女性との恋愛関係を形作った重要な要素として、自身の自伝を語るかのように残そうという意図があったのではないか、と思われるのである。

なお先に述べたように、▼を付けた加賀との贈答歌は、『新古今和歌集』恋三に入集している。『新古今和歌集』には、五人の撰者▲の誰が撰んだ歌であるかを示す、撰者名注記が残されている本がある。この贈答歌には、五人全員の撰者名注記があり、いわば全員一致で採られた歌だった（図18）。しかも、巻十三恋歌三の最後を飾る、巻軸歌▲として置かれている。『長秋詠藻』にも『俊成家集』にも、「女」としか記されていないが、息子の定家は、父母の恋が動きはじめた記念となる贈答歌だと知っていたのだろう。

俊成の妻・美福門院加賀

定家の母・美福門院加賀は、はじめ、藤原為経《ためつね》という男性の妻だった。現存する俊成の最も早い百首歌である『為忠家初度百首』『為忠家後度百首』の主催者が、常盤丹後守と呼ばれた藤原為忠であったことは、第一章で述べた。藤原為経は、この為忠の次男だった。加賀は、為経との間に、隆信《たかのぶ》▲という息子を産んでい

五人の撰者　源通具《みちとも》・藤原定家・藤原家隆・藤原有家・藤原雅経の五人。

巻軸歌　巻子本《かんすぼん》の終わりの軸に最も近い歌、という意味から、歌集または各部の末尾の歌を指す。

隆信　一一四二―一二〇五年。『千載和歌集』以下、六十六首が入集する歌人である。また、似絵《にせえ》（写実的な大和絵《やまとえ》の肖像画）の名手としても有名。

る。

俊成と為経はほぼ同い年（俊成は永久二年（一一一四）生まれ、為経もその頃の生まれと推定されている）、俊成は若い頃から為経の父・為忠の家で催された歌会や歌合に出ており、為経とも親しかったと考えられる。俊成と加賀との関係がいつから始まったのかは分からない。しかし先に挙げたように、『長秋詠藻』『俊成家集』の詞書に「つれなくのみ見えける」「逢ひがたくて逢ひたりける」とあるので、二人の間には、容易に恋を進められない事情があったことが想像される。

為経と加賀の間の息子である隆信は、為経の出家の前年、康治元年（一一四二）に生まれているので、為経と加賀の関係は、為経の出家まで続いていたものと考えられる。俊成が加賀に出会い、求愛を始めた頃、加賀はまだ為経の妻であったのだろう。しかも俊成は、為経の姉妹にあたる女性と結婚しており、間に子どもも生まれている。加賀から見ると俊成は、夫の友人であり、さらには義理の姉妹の夫でもある。そのような状況であれば、俊成の求愛を受け入れることはできなかったのだろう。

ちなみに俊成と加賀との間の第一子となった女子（後に八条院三条と呼ばれる。新古今時代の女性歌人として活躍した俊成卿女《しゅんぜいきょうのむすめ》▲の母）が生まれたのが久安四年（一一四八）である。いつ頃に俊成と加賀は、正式に結ばれたのだろうか。

俊成卿女　一一七一頃—一二五一年以降。俊成にとっては孫娘にあたるが、養女となったため、「俊成卿女」と呼ばれる。

なお、俊成は久安元年（一一四五）に従五位上に昇進している。大治二年（一一二七）に従五位下に叙せられて以後、十七年間留まっていた位階がようやく上がったのだった。この昇進は、当時、鳥羽院の寵愛を一身に受けた美福門院につながる縁を、加賀との結婚によって得たため、と考えられている。加賀は単に美福門院に仕える女房というだけではない。加賀の母・伯耆《ほうき》は美福門院の乳母《めのと》であり、父・親忠《ちかただ》は、美福門院の乳父として権勢をふるっていた。加賀が美福門院の女房として出仕したのも、美福門院とのつながりの深さゆえである。久安元年には、すでに俊成と加賀の関係は公のものとなっていたのだろう。二人が正式に結ばれたのは、為経が出家した康治二年（一一四三）以降ほどなくであったと推測される。

ちなみに康治二年に俊成は三十歳。加賀の年齢が気になるところだが、当時の女性はほとんどが生年未詳である。石田《いしだ》吉貞《よしさだ》が、建久四年（一一九三）に加賀が亡くなった時の年齢について「七十ほどであつたと思はれる」▲と推定して以来、その説が踏襲されている。この推定に基づき、為経との間に隆信を生んだ康治元年（一一四二）に二十歳であったと仮定すると、一一二三年生まれとなる。最後の子どもとなる承明門院《しょうめいもんいん》中納言（愛寿御前《あいじゅごぜん》とも呼ばれる）が生まれたのが一一六四年であるので、加賀四十二歳の時の子となる。充分に考えられ、妥当な推定であ

「七十ほどで……」　石田吉貞『藤原定家の研究』（文雅堂書店、一九五七年／改訂版、文雅堂銀行研究社、一九六九年）。

る。おおよそ、俊成より十歳ほど年下であったということになる。

俊成の妻にあたる女性には、加賀より先に結ばれ、快雲・後白河院京極を生んだ藤原為忠の娘（為経の姉妹）もいた。他にも、八条院坊門局《ぼうもんのつぼね》を生んだ藤原顕良《あきよし》の娘（六条院宣旨《せんじ》）、覚弁を生んだ九条忠子家女房、前斎院女別当《さきのさいいんおんなべつとう》を生んだ九条忠子家半物《はしたもの》▲、二条院兵衛《ひょうえ》を生んだ皇嘉門院《こうかもんいん》備前内侍《びぜんないし》が知られている。▲子どもを生んだ女性以外にも、関係があった女性は当然いただろう。

しかし、三十代の半ばで正式に結ばれた後、二男八女をもうけた加賀は、俊成にとって正妻だっただけでなく、最愛の妻でありつづけた。先に挙げた俊成との贈答歌から、和歌に秀でた女性であったと分かる。また、『源氏物語』を愛読する才媛であったらしい。魅力的な女性であったと想像される。

『俊成家集』の末尾には、

> 建久四年二月十三日、年ごろのとも子共の母かくれてのち、月日はかなく過ぎゆきて、六月つごもりがたにもなりにけりと、夕暮の空もことに昔の事独り思ひつづけて、物に書き付く

という詞書を持つ六首から始まる歌群がある。建久四年（一一九三）二月十三日、

半物　はしたもの。端女（はしため）と同じ。召使いの女性。

俊成の妻……『明月記提要』（八木書店、二〇〇六年）「藤原定家関係系図」。

加賀が亡くなった。加賀のことを俊成は「年ごろのとも」（長年の伴侶）、「子共の母」（子どもたちの母）と呼ぶ。康治二年（一一四三）頃に結ばれ、加賀が亡くなる建久四年まで、半世紀にわたって二人は夫婦生活を送ったのだった。

加賀哀傷歌群は、先ほどあげた建久四年六月末日の歌に始まり、七月九日、翌年の一周忌とその翌日、秋、閏《うるう》八月、そして建久九年の命日の日に詠んだ歌と続く。そして『俊成家集』は、この愛妻を偲《しの》ぶ加賀哀傷歌群で終わるのである。

おわりに

俊成の自讃歌

本書では俊成が和歌に変更を加えてきたことを中心に述べてきたが、そうした和歌は、数の上では少数派である。多くの和歌は、本文に違いがない。しかし、繰り返し俊成が手を入れてきた箇所は、それだけ俊成にとって重要な意味を持つ部分だったのだ、という視点から、検討を加えてきた。

しかし、推敲の跡が無い歌が俊成にとって重要なものではなかった、というわけでは決してない。「本文が最初から最後までずっと変わらない」ことが、逆に意味を持つ例を、最後に取り上げたい。

第一章で、俊成の長い歌歴において、三十七歳の時に詠んだ「久安百首」は、記念碑的な作品であったことを述べた。そして「久安百首」から生まれた一首は、その後、半世紀以上にわたって、俊成にとって終生の自讃歌でありつづけたのである。

夕されば野辺の秋風身にしみて　鶉《うづら》鳴くなり深草の里

（夕方になると野辺を吹く秋風を身にしみいるように感じて、鶉《うずら》が鳴いているらしい、この深草の里では。）

秋歌の一首である。秋の夕暮れ、野辺を吹き通る秋風が、まるで体にしみいるように感じられる。冷たい秋風を感じる主人公は、風に乗って運ばれてくる鶉の鳴き声を聞いた。鶉もやはり、秋風を身にしみて感じて鳴いているのだろう。秋は日の暮れるのが早い。陽光が薄らぎ、宵闇が迫る夕方、場所はその名が示すとおり、草深い深草の里。寂しく、寒々とした中、鶉の鳴き声が響き渡る景色を詠んだ歌だ（図19）。

第一章で「月冴ゆる……」の歌に対して、同時代の歌人・俊恵が批判を述べていることを挙げたが、この歌についても、『無名抄』「俊成自讃歌の事」に俊恵の批判が残されている。

俊恵いはく、「五条三位入道の御もとにまでたりしついでに、「御詠の中には、いづれをかすぐれたりと思ほす。人はよそにてやうやうに定め侍れど、それをば用ゐるべからず。まさしくうけたまはらむ」と聞こえしかば、

図19　鶉は全長約20cm、丸い体形で褐色の鳥。「グアッ、グルルー」と鳴き声を立てる。写真＝真木広造

「夕されば野辺の秋風身にしみて　鶉鳴くなり深草の里

これをなむ、身にとりてのおもて歌と思ひ給ふる」といはれしを、俊恵またいはく、「世にあまねく人の申し侍るには、

面影に花の姿を先だてて　幾重《いくへ》越えきぬ峰の白雲

これをすぐれたるやうに申し侍るはいかに」と聞こゆ。「いさ、よそにはさもや定め侍るらむ、知り給へず。なほみづからは先の歌には言ひ較ぶべからず」とぞ侍りし」と語りて、これをうちうちに申ししは、

「かの歌は、「身にしみて」といふ腰の句のいみじう無念に覚ゆるなり。これほどになりぬる歌は景気をいひ流して、ただ空に、身にしみけむかしと思はせたるこそ、心にくくも優にも侍れ。いみじく言ひもてゆきて、歌の詮《せん》とすべき節《ふし》をさはさはと言ひ表したれば、むげにこと浅くなりぬなり」とぞ。

俊恵が長明に語った話である。俊恵が俊成のもとを訪ねたついでに、「あなたの歌の中では、どの歌が優れていると思っていらっしゃいますか。他人は関係ないところでいろいろに決め

ていますが、それを採用すべきではありません。正しくご本人から伺っておきましょう」と俊成に言うと、俊成は、「夕されば……」の歌を挙げ、「これこそ、私にとっての代表歌と思っております」と答えた。俊恵は「世間では、「面影に……」(脳裏に思い浮かべる桜の姿を先達《せんだつ》として、いったい幾重を越えてきただろうか、峰の白雲を)の歌を優れていると言っていますが、それはどうですか」と重ねて尋ねた。俊成は、「さあ、よそではそのように決めているのでしょうか、分かりません。それでも私自身は、先ほどの歌とは比べて論じることはできません」という答えだった。

俊恵と俊成の会話は以上だが、俊恵は長明に、こっそりと心の内を吐露している。「例の「夕されば……」の歌は、「身にしみて」という第三句がたいそう残念に思える。これほどになった歌は、情景を言い流して、ただ何となく「身にしみたんだなあ」と思わせることこそ、心憎く、優美であります。上手に言いつづけていって、歌の肝心要《かなめ》としなくてはならない部分を、はっきりと表現してしまったので、ひどく底が浅くなってしまった」。

この俊恵と俊成の会話が、いつ頃交わされたものであるかは分からない。しかし、ここで語られるように、俊成がこの「夕されば……」の歌を、「身にとりてのおもて歌」(自分自身の代表歌)と認識していたのは、確かなのである。

後年、俊成は後白河院に命じられて第七番目の勅撰和歌集『千載和歌集』の編者となった。文治四年（一一八八）に完成、院に奏上した『千載和歌集』に、俊成は自分の歌を三十六首入れている。その中に、この「夕されば……」も入っている。

それだけではない。建久八年（一一九七）に書いた歌論書『古来風体抄《こらいふうていしょう》』▲（図20）には、『万葉集』、そして『古今和歌集』から『千載和歌集』まで七代の勅撰

『古来風体抄』 初撰本は一一九七年に、再撰本は一二〇一年に成立した、俊成の歌論書。守覚法親王、もしくは守覚法親王の妹である式子内親王《しきしないしんのう》の依頼で書かれたものと考えられている。

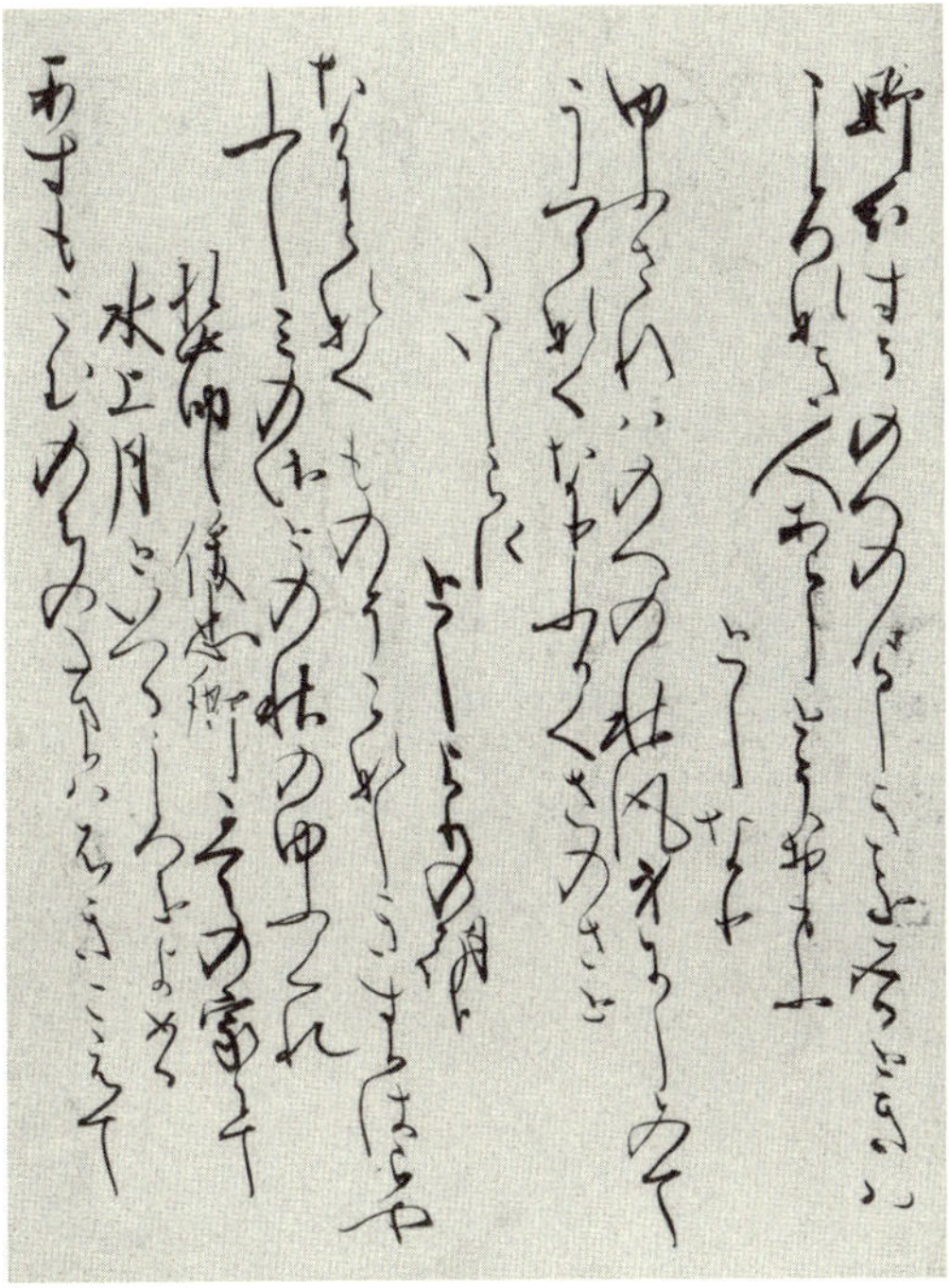

図20　冷泉家時雨亭文庫蔵『古来風体抄』
冷泉家時雨亭文庫には、俊成自筆の『古来風体抄』が伝えられている。「夕されば……」は２首目。終生の自讃歌を俊成自身の筆で見ることができる。俊成の筆跡は線が鋭く癖があり、特徴的である。

和歌集から、秀歌を抜き書きした部分がある。対象は『千載和歌集』を含むので、俊成にとっては自分が選んだ『千載和歌集』から、なかでも選《よ》りすぐりの歌をそこに並べたことになる。このいわば、俊成が選んだ和歌のベストセレクションに、俊成は自分の歌は一首だけ、「夕されば……」を入れている。和歌史を彩る錚々《そうそう》たる名歌のなかに入れても遜色《そんしょく》ないという自負が感じ取れる。

俊成の代表歌として、一般的には、息子の定家が『百人一首』に選んだ「世の中は道こそなけれ思ひ入《い》る　山の奥にも鹿ぞ鳴くなる」（『千載和歌集』雑中）のほうがよく知られているだろう。しかし、俊成自身の考える「身にとりてのおもて歌」は、あくまでも、この「夕されば……」だった。

では、俊成が「夕されば……」を、生涯の代表歌とまで思い入れた理由はどこにあったのだろうか。言い換えれば、どこがこの歌の優れたところなのだろうか。

この歌の表現意図については、後年、建久九年（一一九八）頃に成立した『慈《じ》鎮和尚自歌合《ちんかしょうじかあわせ》』▲の判詞に、当時八十代半ばの俊成が次のように記している。

ただ『伊勢物語』に、深草の里の女の「鶉となりて」といへる事を、はじめて詠み出《い》で侍りしを、かの院にもよろしき御気色侍りしばかりに、記し申して侍りしを、［以下略］

『慈鎮和尚自歌合』　一一九八年頃成立。基本的に慈円の和歌を歌合形式に番《つが》えたものだが、一部、良経や俊成の歌と番えられている。判を付けているのは俊成であり、俊成が自分の和歌について説明を加えている部分に注目される。

この歌は、『伊勢物語』一二三段の、深草の里の女が「鶉となりて」と詠んだのを踏まえて初めて詠んだ歌だ、それが崇徳院にも気に入られたのだ、と述べている。『伊勢物語』一二三段の本文を掲出する。

昔、男ありけり。深草に住みける女を、やうやう飽きがたにや思ひけむ、かかる歌をよみけり。

　年を経てすみこし里をいでていなば　いとど深草野とやなりなむ

女、返し、

　野とならばうづらとなりて鳴きをらむ　かりにだにやは君は来ざらむ

とよめりけるにめでて、ゆかむと思ふ心なくなりにけり。

男は、深草の里に住む女のもとに通っていたが、次第に彼女に飽きてきた。そこで、「何年もの間住んできたこの里を私が出て行ったならば、ここは〝深草〟の名のとおり、とても草が深い野になってしまうのだろうね」という歌を詠んだ。女が住む「深草の里」（現在の京都市伏見区深草）の地名に引っかけて、きっとここも荒れてしまうだろう、と詠んだのだ。これから自分が捨て去ろうとする女に対して詠むには非情な歌に思える。しかし、女がそれに対して返した歌は、「あなたが出て行ってここが野となったなら、私は鶉になって鳴いていましょう。狩りをしに、ほんのかりそめにでさえも、きっとあなたはいらっしゃるだろうから」。恨みを言うでもなく、「あなたが去ってしまっても、私はあなたを待ちつづける」という女の歌に感動した男は、女を捨てようという気がなくなった。

この話を踏まえて、俊成は、夕方の深草の里で、野を吹く秋風が鶉の鳴き声を運んでくる情景を詠んだ。単純に読めば、夕暮れの寂しい情景である。しかしこの歌が、『伊勢物語』一二三段の内容を踏まえたものだ、という俊成の説明を読むと、もう一つの世界が現れてくる。深草の里で鳴いている鶉は、『伊勢物語』の女が変身した鶉なのだ。男に捨てられた女が、歌で詠んだとおりに鶉になって、男に「飽き」られたことを思い知らされるような「秋風」を感じながら、それでも男を待ちつづけている。そうした恋の物語が、深草の里の夕暮れの光景から立ち上ってくる。

この歌は、新古今時代に確立する、本歌取りという技法の典型であるといわれている。「夕されば……」に見いだせる象徴性や二重性、そして物語的内容を和歌にこめる方法は、俊成の息子である定家の世代が活躍した新古今時代に好まれ、新古今和歌の特徴ともなった。

「久安百首」でこの歌が生み出されたのは、俊成が三十七歳の時。それから半世紀にわたって、『無名抄』、『千載和歌集』、『古来風体抄』、『慈鎮和尚自歌合』、残された資料のいずれでも、俊成のこの歌への自信が示されている。自讃歌を披《ひ》瀝《れき》するたびごとに、俊成はこの歌を取り上げつづけた。

俊成は機会があれば、自分の和歌を見直し手を入れつづけている。しかし「夕されば……」には、別バージョンがない。一貫して、この形である。

もちろん、推敲を加える歌のほうが少ないのだから、特別なことではないかもしれない。しかし、生涯の代表歌が、生み出された時からずっとそのままなのは、別の見方をすると、最初からそれだけ完成度が高かった、ということでもある。幾度も推敲を重ねることで磨かれる歌もある。しかし、見直しも、訂正も、必要ない。手を加える必要がない。どの集でも全く同じ本文である、というところに、「夕されば……」に対する俊成の自信が垣間見えるのである。

和歌史には、無数の歌人たちが存在している。そのなかで、自分の思う形で、自分の和歌を集成した家集を編纂し、またそれが後世に残った歌人は幸福だ。

俊成は九十一歳まで、当時としては異例の長寿を保った。長い生涯のなかで、繰り返し、自分が詠んだ和歌を入れた歌集（または家集）をいくつも編む機会があった。それだけではなく、家集をきちんと守り、伝えてくれる子孫もいた。こうした条件が整っているからこそ、俊成の意識を和歌の本文からうかがうことができるのだ。

和歌を読むには、さまざまなアプローチがある。一つ一つの詞の意味を正しく訳し、解釈するのは当然のことだ。カルタ一枚（シングルカット）から、アンソロジー（コンピレーションアルバム）から、家集（ベストアルバム）から、どの形でその和歌に触れたか、というのは、「和歌の読み方」に、実はとても大きく作用するのかもしれない。

最初に触れた時の印象や記憶は鮮烈で、違う本文には違和感を覚えやすい。しかし、その「違い」にこそ、作者の工夫や意図が詰まっているものなのだ。「違い」に立ち止まって、なぜ違うのか、どう違うのかを考えることは、作者の創作過程に迫ることにもなるのである。

あとがき

本書は、国文学研究資料館で取り組んでいる歴史的典籍NW事業の一部として行われている共同研究「青少年に向けた古典籍インターフェースの開発」（代表：小山順子）の成果の一部である。科学研究費補助金「日本古典籍における表記情報学の発展的研究」（基盤研究（A）研究代表者：今西祐一郎、JSPS科研費15H01875）の中に立てられた研究班の一つである。

歴史的典籍NW事業は、異分野融合の取り組みも行っている。むしろ、そちらが中心である。しかしこの共同研究は、特に若年層に向けて、古典文学をどのようにアピールしてゆくかを模索するものだ。つまり、扱う対象は日本古典文学そのもの。異分野融合研究がヌーベル・シノワズや創作和食であるならば、「青少年に向けた古典籍インターフェースの開発」の取り組みは、伝統的和食の美味しさを広く伝えることである。

古典教育・古典普及には、「古典文学は面白い」と思ってもらうのが、単純かつ最も大切なことであると考えている。本書では、筆者の専門分野と関心のありどころによって、中世和歌を取り上げた。和歌は難しいとよく言われる。教える側からも、教えにくい、教えるのが難しいという発言をよく聞く。しかし、和歌のどこが面白いのか、見どころなのかを説明することを、専門家として決して諦めてはいけないと思うのだ。本書でどこまでその志を達することができたか、はなはだ心許《こころもと》ないが、一つ一つの和歌のことばに丁寧に向き合うこと、作者の意図に肉迫することが、和歌の魅力を知る最もよい方法なのだと感じていただければ幸いである。

二〇一六年十二月

小山順子

引用本文は、以下のものに拠り、特に記さない限り、和歌は新編国歌大観（角川書店）を底本とした。なお、読みやすさのために、漢字をあてたり踊り字を開くなどして、表記を適宜改めた。

『久安百首』　平安末期百首和歌研究会編『久安百首　校本と研究』（笠間書院、一九九一年）
『長秋詠藻』『俊成家集』　松野陽一・吉田薫編『藤原俊成全歌集』（笠間書院、二〇〇七年）
『無名抄』　久保田淳訳注『無名抄』（角川ソフィア文庫、二〇一三年）
『伊勢物語』　新編日本古典文学全集『竹取物語・伊勢物語・大和物語・平中物語』（小学館、一九九四年）

主要参考文献

頭注に挙げた以外にも、参考にした先行研究は多い。特に深く関わる内容の参考文献を挙げておく（頭注に挙げたものも含む）。

谷山茂著作集二『藤原俊成　人と作品』（角川書店、一九八二年）
松野陽一『藤原俊成の研究』（笠間書院、一九七三年）
久保田淳『新古今歌人の研究』（東京大学出版会、一九七三年）
松澤智里校『長秋詠草（異本）』（古典文庫、一九六〇年）
久松潜一校注「長秋詠藻」（日本古典文学大系80『平安鎌倉私家集』、岩波書店、一九六四年、所収）
川村晃生ほか校注『長秋詠藻・俊忠集』（和歌文学大系、明治書院、一九九八年）
木船重昭『久安百首全釈』（笠間書院、一九九七年）
檜垣孝『俊成久安百首評釈』（武蔵野書院、一九九九年）

片野達郎・松野陽一校注『千載和歌集』（新日本古典文学大系、岩波書店、一九九三年）
上條彰次校注『千載和歌集』（和泉古典叢書、和泉書院、一九九四年）
田中裕・赤瀬信吾校注『新古今和歌集』（新日本古典文学大系、岩波書店、一九九二年）
久保田淳訳注『新古今和歌集 上・下』（角川ソフィア文庫、角川学芸出版、二〇〇七年）
久保田淳『新古今和歌集全注釈 一〜六』（角川学芸出版、二〇一一―一二年）
石田吉貞『藤原定家の研究（改訂版）』（文雅堂銀行研究社、一九六九年）
石田吉貞「藤原俊成の子女――『砂巌』所収定家自筆記録について」（『国語と国文学』三八巻一一号、一九六一年）
久保田淳「『源氏物語』と藤原定家、親忠女及びその周辺」（『藤原定家とその時代』、岩波書店、一九九四年、所収）
吉田薫「『俊成家集』の伝本についての考察」（『大阪信愛女学院短期大学紀要』三六号、二〇〇二年）
小山順子「藤原俊成「月冴ゆる」の表現と漢詩」（『国語国文』七一巻一二号、二〇〇二年）
小山順子「第一類本『長秋詠草』考」（『山邊道』五二号、二〇〇九年）
小山順子「『長秋詠藻』から『俊成家集』へ」（『中世文学』五五号、二〇一〇年）
小山順子「天理図書館蔵『俊成家集』考」（『ビブリア』一四〇号、二〇一三年）

掲載図版一覧

※本書で使用した書名によって掲出したが、（　）内に、所蔵機関の整理に用いられている書名を記した。

図１・６　国文学研究資料館蔵（タ2-281）『中古三十六人歌合（三十六歌仙帖）』

図２・５・14　国文学研究資料館蔵（タ2-213）『錦百人一首あづま織』

図３　宮内庁書陵部蔵（155-36、国文研マイクロ20-316-1）『久安百首（崇徳院御百首）』

図４・７　今治市河野美術館蔵（121-809、国文研マイクロ73-321-2）『久安百首（百首和歌集）』

図８　国文学研究資料館高乗勲文庫蔵（89-159）『千載和歌集』

図９・11　宮内庁書陵部蔵（501-172、国文研マイクロ20-7-6）『長秋詠藻』

図10　冷泉家時雨亭文庫蔵『長秋詠藻』

図12・13　筑波大学附属図書館蔵（ル216-166、国文研マイクロ6-266-2）『長秋詠草』

図15　天理大学附属天理図書館蔵『俊成家集（異本長秋詠藻）』（911・23-イ177）

図16　冷泉家時雨亭文庫蔵『俊成家集（五社百首）』

図17　冷泉家時雨亭文庫蔵『保延のころほひ』

図18　国文学研究資料館懐風弄月文庫蔵（92-42）『新古今和歌集』

図20　冷泉家時雨亭文庫蔵『古来風体抄』

小山順子（こやまじゅんこ）
1976年、京都府生まれ。京都大学大学院文学研究科博士後期課程修了。博士（文学）。現在、国文学研究資料館・総合研究大学院大学准教授。専攻は、新古今時代を中心とする古典和歌。著書に、『コレクション日本歌人選　藤原良経』（笠間書院、2012年）、主要論文に、「『長秋詠藻』から『俊成家集』へ」（『中世文学』55、2010年6月）、「「主ある詞」と本歌取り」（『和歌文学研究』112、2016年6月）などがある。

ブックレット〈書物をひらく〉4
和歌のアルバム――藤原俊成　詠む・編む・変える
2017年4月14日　初版第1刷発行

著者　小山順子
発行者　下中美都
発行所　株式会社平凡社
〒101-0051　東京都千代田区神田神保町3-29
電話　03-3230-6580（編集）
03-3230-6573（営業）
振替　00180-0-29639
装丁　中山銀士
DTP　中山デザイン事務所（金子暁仁）
印刷　株式会社東京印書館
製本　大口製本印刷株式会社

ISBN978-4-582-36444-6
NDC分類番号911.4　A5判（21.0cm）　総ページ104

平凡社ホームページ　http://www.heibonsha.co.jp/

発刊の辞

これまで、限られた対象にしか開かれていなかった古典籍を、撮影して画像データベースを構築し、インターネット上で公開する。そして、古典籍を研究資源として活用したあらたな研究を国内外の研究者と共同で行い、新しい知見を発信する。これが、国文学研究資料館が平成二十六年より取り組んでいる、「日本語の歴史的典籍の国際共同研究ネットワーク構築計画」(歴史的典籍NW事業)である。そしてこの歴史的典籍NW事業の多くのプロジェクトから、日々、さまざまな研究成果が生まれている。

このブックレットは、そうした研究成果を発信する。「書物をひらく」というシリーズ名には、本を開いて過去の知をあらたに求める、という意味と、書物によるあらたな研究が拓かれてゆくという二つの意味をこめている。開かれた書物が、新しい問題を提起し、新しい思索をひらいてゆくことを願う。

書物は、開かれるのを待っている。書物とは過去知の宝蔵である。古い書物は、現代に生きる読者が、その宝蔵を押し開いて、あらためてその宝を発見し、取り出し、活用するのを待っている。過去の知であるだけではなく、いまを生きるものの知恵として開かれることを待っているのである。

そのための手引きをひろく読者に届けたい。手引きをしてくれるのは、古い書物を研究する人々である。

これまで、近代以前の書物――古典籍を研究に活用してきたのは、文学・歴史学など、人文系の限られた分野にほぼ限定されていた。くずし字で書かれた古典籍を読める人材や、古典籍を求め、扱う上で必要な情報が、人文系に偏っていたからである。しかし急激に進んだＩＴ化により、研究をめぐる状況も一変した。現物に触れずとも、画像をインターネット上で見て、そこから情報を得ることができるようになった。